or« bei Planet!:

Bd. 1
596-3

kam 1963 zur Welt und war schon immer ziemlich neu-
ler Suche nach Geheimnissen, Rätseln und Verborgenem.
e er Archäologe werden, entschied sich dann jedoch für
s Ende 2011 war er als Reporter tätig. Parallel begann er
iben von Romanen. 1996 erschien der erste von bisher
für Erwachsene, ab 2001 folgten Kinder- und Jugend-
nen bisher rund 185 veröffentlicht worden sind. Heute
n mit seiner Frau in der Nähe von Bremen. Fabian Lenk
auch Musik. Seine eigenen Songs findet ihr bei YouTube
«.

e Bücher, Autoren und Illustratoren auf:
ag.de

F.

Haar

»F.B.I. juni

F.B.I. junior
Raubende Robote
ISBN: 978-3-522-50

Fabian Lenk
gierig und auf
Zunächst wollt
Journalistik. Bi
mit dem Schre
sechs Romanen
bücher, von de
lebt er zusamme
macht übrigens
unter »FabiBeat

Mehr über unser
www.planet-ver

FABIAN LENK

F.B.I. JUNIOR

HAARIGE HALUNKEN

Illustriert von Tessa Rath

PLANET!

Hier kommt das F.B.I. junior-Team:

Die drei Detektive Flint, Iphi und Bucky legen den schlimmsten Schurken das Handwerk und erleben dabei die irrsten Abenteuer. Ausgangspunkt der gefährlichen Ermittlungen ist der Tower: ein ehemaliger Fernsehturm. Flints Eltern – die genialen Programmierer Dr. Milton Horatio Hook und Venus Calliope Hook – kauften den Turm und ließen ihn mit modernster Technik ausstatten. Der Tower verfügt aber auch über einen Garten mit Pool in achtzig Metern Höhe.

Um zu Schauplätzen auf der ganzen Welt zu kommen, benutzt das *F.B.I. junior*-Team eine Erfindung von Flints Eltern: den Teleporter. Damit kann man in Sekundenbruchteilen an jeden fernen Ort reisen. Der Teleporter ist so klein wie eine Spraydose und erzeugt ein sprachgesteuertes Hologramm. Da man den handlichen Teleporter gut mitnehmen kann, ist auch die Rückreise nie ein Problem!

Detektivausweis

Name: Flint

Spitzname: Flint

Dienstrang: Tüftler

Beschreibung:

Kein Kriminalfall ist ihm zu schwierig! Flint kann hervorragend kombinieren. Sein zweites großes Hobby ist die Robotik, und sein absolutes Meisterstück ist Bucky ...

Unterschrift: Flint

Detektivausweis

Name: Iphigenia

Spitzname: Iphi

Dienstrang: Beste Freundin von Flint

Beschreibung:

Lässig, ausgeflippt, frech, chaotisch. Sie geht gern dahin, wo's wehtut. Außerdem ist sie ein Sprachgenie – schließlich stammt ihre Mom aus Frankreich und ihr Dad aus den USA. Auch sie liebt ungelöste Kriminalfälle.

Unterschrift: Iphi

ausweis

Name: Tinbucket

Spitzname: Bucky

Dienstrang: Flints Meisterstück

Beschreibung:

Er ist ein Roboter, der aussieht wie ein ganz normaler achtjähriger Junge. Er wurde von Flint konstruiert, hat eine unfassbar große Klappe und leistet sich immer wieder lustige Sprachdreher (Tedditiv Bucky). In Flints Familie ist er eine Art „Mädchen für alles", was ihn voll nervt. Schließlich ist Bucky zu viel Höherem berufen (glaubt er).

Unterschrift: BuCky

Die Schlacht im Supermarkt

Kurz nach Mitternacht: Nur von den großen, hell erleuchteten Reklametafeln am Eingang und in den Schaufenstern fiel etwas Licht in den Supermarkt in New York. Es rieselte über lange Regale, die vollgestopft waren mit Babynahrung, Gewürzen, Cornflakes oder Süßigkeiten. Es herrschte völlige Stille.

Nein, halt! Jetzt war ein Schmatzen zu hören.

Es drang aus einem Gang, in dem es Erdnussflips und Chips in allen nur denkbaren Geschmacksrichtungen gab.

Der Fußboden war übersät mit aufgerissenen Tüten. Mittendrin saßen zehn pelzige Tiere, die etwa so groß wie Katzen waren. Sie hatten lange Ohren, braune Kulleraugen und Stupsnasen. Jedoch sah keines so aus wie das andere: Manche hatten braunes Fell mit sandfarbenen Tupfen, andere waren schwarz mit weißen Streifen und wieder andere weiß, braun, schwarz und grau gemustert.

»Njammnjamm«, meinte eines der seltsamen Wesen mit schwarzen Flecken auf den Ohren und stopfte sich mit der rechten Pfote eine extragroße Ladung Flips ins Mäulchen. Während es noch kaute, folgte die linke Pfote, die ebenfalls voll beladen war. Das Tier futterte wie ein Scheunendrescher. Griff in die Tüte, reinschaufeln, Griff in die Tüte, reinschaufeln …

»Njammnjamm«, schmatzte ein anderes Pelztierchen und stülpte sich eine Tüte Chips über den Kopf, damit die salzige Pracht ohne große Umwege dorthin kam, wo sie hinsollte: in das bereits prall gefüllte Bäuchlein.

Plötzlich kam ein Exemplar mit hellen Tupfen an den Pfoten auf die Idee, eine leer gefutterte Tüte aufzublasen und platzen zu lassen. Die anderen hielten das für eine fantastische Idee, und nun war nicht nur ein Schmatzen zu hören: Es klang, als habe jemand ein paar Knallfrösche gezündet.

Die Wesen kicherten und giggelten. Die Stimmung wurde noch besser, als das Tierchen mit den schwarzen Flecken auf den Ohren begann, seine Kumpel mit Flips zu bewerfen. Sekunden später war eine wilde Schlacht im Gang.

Den Geschicktesten unter den nächtlichen ungebetenen Besuchern des Supermarktes gelang es, die Wurfgeschosse im Flug mit dem Mäulchen aufzufangen und sofort zu verputzen.

»Njammnjamm!«, erklang es wie ein Schlachtruf.

Das Spiel verlagerte sich in einen benachbarten Flur, in dem es Waschmittel und Weichspüler gab. Eines der Tierchen floh das Regal hinauf und ging hin-

ter einer großen Flasche Weichspüler in Deckung. Dabei schob es den Weichspüler mit dem Po unabsichtlich aus dem Regal. Die Flasche krachte auf den Boden, der Deckel platzte auf, und der Inhalt ergoss sich über die Fliesen. Fertig war eine perfekte Rutschbahn!

Schon schlitterten einige der merkwürdigen Wesen wie Surfer über den glitschigen Untergrund und feuerten weiterhin ihre Chips-Munition auf die Freunde.

Da drang plötzlich ein fieser, heulender Ton durch den Supermarkt, und an der Decke flackerte ein grelles rotes Licht. Die Alarmanlage!

Die Wesen schauten sich für einen kurzen Moment fragend an: »Njammnjamm?«

Doch dann machten sie weiter: mampfen, schmeißen, rutschen!

Drei Minuten später stürmten zwei Polizisten in den Supermarkt.

Mit gezogenen Waffen liefen sie die Gänge ab.

»Was für eine Schweinerei!«, rief der eine Polizist, der ziemlich dick war, als er mit seiner Taschenlampe in den Gang mit den Waschmitteln leuchtete.

»Njammnjamm?«, machte eines der pelzigen Wesen und spähte hinter einem großen Karton mit Waschpulver hervor.

»Da, da sind die Einbrecher!«, brüllte der dicke Polizist und pfiff seinen Kollegen heran.

Dann richtete er seine Pistole auf das Tierchen. »Komm da raus und Hände ... äh ... Pfoten hoch!«

Da bekam es das kleine Tier mit der Angst zu tun und ging auf der Stelle hinter dem Karton in Deckung. In den Tiefen des Regals kauerten auch seine Freunde.

»Pfoten hoch?«, lachte der andere Polizist. »Bist du bekloppt? Du glaubst doch nicht im Ernst, dass dieser Biber mit den Fledermausohren, oder was immer das ist, dich versteht.«

»Ja, hast wohl recht«, gab der Dicke zu. »Aber es hat etwas gesagt, das so klang wie *njammnjamm.*«

Sein Kollege lachte. »Njammnjamm«, äffte er ihn nach und machte einen Schritt auf das Versteck der Tiere zu.

Deren Angst wuchs, und sie ergriffen die Flucht:

Die Wesen wuselten durch den Gang und flitzten auf eine lange Kühltruhe zu.

»Halt, stehen bleiben!«, riefen die Polizisten und rannten hinterher.

Doch sie kamen nicht weit: Denn als sie in den Weichspüler traten, legten sie sich voll auf die Nasen. Der Dicke rutschte prompt in seinen Kollegen hinein.

»Aua, willst du mich plattmachen?«, raunzte der den Dicken an.

»Ne, konnte nicht mehr bremsen.«

Mit einiger Mühe rappelten sich die beiden Ordnungshüter auf und verfolgten die verfressenen Tierchen, die zu einem Rolltor flitzten, das ein Mitarbeiter des Supermarktes gestern Abend nur nachlässig geschlossen hatte. Eines nach dem anderen schlüpfte durch den Spalt zwischen Boden und Unterkante des Tores, aber das Letzte der seltsamen Wesen blieb mit seinem Popo dort hängen. Es hatte einfach zu viele Chips in sich hineingestopft.

»Hab ich dich!«, brüllte einer der beiden Polizisten und schnappte sich das Tier.

Grob zog er es hervor und betrachtete es mit weit

ausgestreckten Armen – als fürchte er, dass das kleine Tier ihn mit einem Happs verschlingen könnte.

»Was bist du denn nur für ein Ding?«, überlegte er laut.

Die großen Kulleraugen des Wesens füllten sich mit Tränen.

»Njammnjamm«, schluchzte es.

Ein neuer Fall

»Ist das schön!«, seufzte Flint.

Er lag in einem Sonnenstuhl am Pool auf der ersten Plattform des Towers und schmökerte in einem Fachbuch über Robotik.

»Du sagst es«, erwiderte Iphi, die sich im benachbarten Stuhl gerade mit Sonnenmilch einrieb. Das rothaarige Mädchen mit den unzähligen Sommersprossen hatte eine ziemlich empfindliche Haut. »Keine Schule, keine Hausaufgaben …«

»… und kein Schleimi«, vollendete Flint den Satz, wobei er an ihren Religionslehrer Schleier-Millner dachte, der von den Schülern heimlich Schleimi getauft worden war. Schnell wischte er diesen Gedanken beiseite. Jetzt waren Ferien!

Er legte das Buch weg und griff nach dem eisgekühlten Getränk, das neben dem aufgeklappten Laptop stand. Flint hatte die Seite *Kommissar.de* aufgerufen, die über spektakuläre oder rätselhafte

Verbrechen auf der ganzen Welt berichtete. Es gab ja schließlich für das Team nichts Spannenderes, als über solche Fälle zu sprechen oder sie – noch besser – selbst zu lösen. Da galt es natürlich, immer auf dem Laufenden zu sein.

»Ihr seid so was von faul«, nörgelte in diesem Moment Bucky. Der Roboter musste gerade den Pool putzen. Dafür manövrierte er eine lange Stange mit einer Saugvorrichtung über den Boden des Beckens.

»Ach Bucky, jetzt gönn uns doch mal die Ferien«, rief Iphi lachend.

»Nö!«, brummelte Bucky. »Ich habe nie Urlaub. Ich muss immer schuften. Tag und Nacht, achtundzwanzig Stunden am Tag. Voll kacke!«

»Du übertreibst«, meinte Flint und schielte zum Laptop. Gab es etwa frische Nachrichten auf *Kommissar.de*? Er tippte auf »aktualisieren«, und die Seite baute sich neu auf.

»Vorsicht, Bucky!«, rief Iphi in diesem Augenblick.

Flint blickte wieder zum Pool und sah, dass sein

kleiner Kumpel ausgerutscht und fast ins Wasser gepurzelt war.

»Ja, pass auf, sonst macht es *brizzel-brizzel* und deine Platine ist durchgeschmort«, warnte Flint.

»Brizzel-brizzel!«, äffte Bucky ihn nach. »Das wäre nicht passiert, wenn man den kleinen lieben Bucky nicht zu Sklavenarbeit verdonnern würde! Ich bin zu Höherem berufen, ich bin ein Spitzen-Teddytiv! Ein Mondererersittler der Extraklasse! Und was soll ich hier machen, hä? Fliesen putzen!« Er rappelte sich auf und leistete sich noch einen seiner Sprachdreher: »Und jetzt mache ich mit dem ollen Ding Habstochsprung!«

»Nein, bloß nicht!«, schrie Flint.

Aber es war zu spät.

»Nix da, dann ist das blöde Ding endlich zu etwas nütze!«, rief der Roboter. Wild entschlossen rannte er los, rammte die Stange in ein Beet und versuchte, sich wie ein Stabhochspringer in die Luft zu schrauben.

Doch es misslang. Bucky rutschte an der Stange ab und landete kopfüber zwischen den Blumen.

»Aua, meine Birne!«, jammerte er.

Flint und Iphi eilten ihm zu Hilfe.

»Lasst mich bloß in Ruhe«, meinte Bucky beleidigt und zupfte sich eine rosa Blüte hinter dem Ohr hervor.

»Komm, setz dich zu uns. Der Pool kann warten«, meinte Flint versöhnlich.

Etwas widerstrebend folgte der Roboter ihnen zu den Liegestühlen.

Wieder schaute Flint auf den Bildschirm.

»Hm, ein neuer Fall. Irgendetwas in New York ... Mann, wie die Sonne blendet!«, sagte er und verzog sich mit dem Rechner in den Schatten einer Palme, damit er

besser lesen konnte, was die Redaktion von *Kommissar.de* schrieb.

Iphi und Bucky schauten ihm über die Schulter.

»Hehe, das ist ja komisch«, lachte Iphi und las die Überschrift laut vor: »Rätselhafter Überfall von Njamm-Njamms.«

»Njamm-Njamms? Was soll denn das sein?«, rätselte Bucky, dessen schlechte Laune wie weggeblasen zu sein schien.

»Das interessiert mich auch«, meinte Flint und überflog den Text. Nach einer Minute rief er: »Ist ja irre! Bei diesen Njamm-Njamms handelt es sich wohl um eine bisher völlig unbekannte Tierart. Die haben in den vergangenen Nächten gleich mehrere Supermärkte in New York geplündert und leer gefressen. Immerhin ein Tier konnte die Polizei schnappen. Und weil das immer ›njammnjamm‹ sagt, wurden die Tiere von der Presse auch so getauft.«

»Und die anderen Njamm-Njamms sind spurlos verschwunden«, sagte Iphi, die schon ein Stück weiter gelesen hatte. »Die Polizei steht vor einem Rätsel und befürchtet, dass die Tierchen wieder zuschlagen könnten. Deren Appetit scheint nämlich grenzenlos zu sein. Der Schaden ist bereits jetzt riesig.« Sie rieb sich das Kinn. »Hey, ich hab euch doch schon mal von Onkel Bob erzählt, oder? Der hat auch einen Supermarkt in New York. Offenbar haben die Njamm-Njamms ihm noch keinen Besuch abgestattet, das hätte er mir bestimmt erzählt.«

Flint hob die Augenbrauen. »Was haltet ihr davon, wenn wir der Sache auf den Grund gehen und nach New York reisen?«

Bucky ballte die Fäuste: »Kombitiere, das ist ein Fall für das *F.B.I. junior*-Team!«

Iphi grinste. »Gut kombiniert! Aber wir brauchen noch das Okay von unseren Eltern. Also bei mir ist das kein Problem, ich kann meiner Mom und meinem Dad sagen, dass ich bei euch übernachte. Die haben garantiert nichts dagegen.«

»Gut«, meinte Flint. »Aber wir müssen auch noch mit meinen Eltern reden … Ich weiß nicht, ob die so begeistert sind, wenn wir in eine Millionenstadt wie New York wollen. Dort gibt es ja bestimmt auch gefährliche Ecken.«

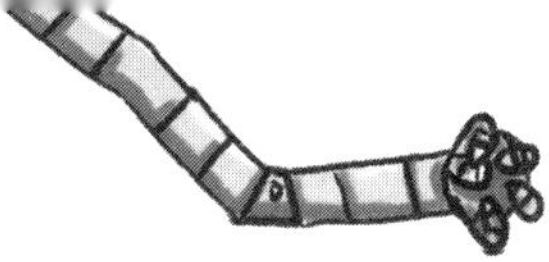

»Gefährlich? Na und? Gefahr ist mein zweiter Vorname«, tönte Bucky. »Ich beschütze euch, wenn es darauf ankommt. Ich mache alle Schurken fertig!«

Dann wackelte er los. Sein Ziel waren die Labore, in denen Flints Eltern gerade über einer neuen Erfindung brüteten.

Flint und Iphi holten ihren kleinen Freund im Flur ein. Dort saugte Tessa mal wieder Staub.

»Möhpmöhp«, machte der Putzroboter freundlich.

Bucky hob die Hand zum Gruß: »Möhpmöhp!«

Dr. Milton Horatio Hook und seine Frau Venus Calliope Hook schraubten am Ellbogengelenk eines Roboters herum, als das Trio das Labor betrat.

Flints Dad schaute auf und meinte: »Gut, dass du kommst, Flint. Wir wollten nämlich fragen, ob es okay für dich ist, wenn wir heute noch nach Venedig reisen, um das Guggenheim Museum zu besuchen …«

Flint bekam einen Schreck. »Wir?«, wiederholte er. »Ich also auch?«

»Nein, nur deine Mutter und ich«, präzisierte Flints Dad.

»Ach so, natürlich«, sagte Flint schnell. Seine Eltern waren große Kunstfans und schauten sich gerne Ausstellungen an.

»Ja«, sagte nun seine Mutter. »In diesem Museum gibt es eine bedeutende Vernissage. Das wollen wir uns nicht entgehen lassen.«

»Werner Arsch? So möchte ich nicht heißen«, plapperte Bucky.

Flint und Iphi mussten sich schwer zusammenreißen, um keinen Lachanfall zu bekommen.

Flints Eltern blieben jedoch ruhig. »Vernissage – das ist die Eröffnung einer Kunstausstellung«, erklärten sie geduldig.

»Schon klar, mit Bildern von Werner Arsch«, meinte der Roboter ungerührt.

»Bucky!«, rief Flint warnend. »Du …«

Da fiel ihm Iphi ins Wort. »Das Guggenheim Museum? Das ist ja spannend. Ich wollte schon immer mal das Guggenheim Museum in New York besuchen.«

Sie knuffte Flint in die Seite. »Und Flint auch, hat er mir vorhin erzählt. In New York lebt ja mein Onkel Bob, der uns bestimmt gerne für ein oder zwei Nächte aufnimmt.« Nun schaute Iphi zu Flints Eltern. »Und wenn ihr aus Venedig zurückkommt und wir aus New York, dann können wir doch prima die beiden Museen vergleichen!«

Flint blies die Backen auf. Was für ein kompletter Blödsinn! Aber glaubhaft rübergebracht, das musste man Iphi mal wieder lassen.

»Ihr wollt also den Teleporter benutzen, um nach New York zu reisen, richtig?«, fragte Flints Dad ernst.

Das Team nickte.

Flints Eltern sahen sich an und machten nur: »Hm …«

Es war ein ganz langes »Hmmmmmmmmmmmmm«, bei dem man nicht wissen konnte, ob danach ein Ja oder Nein folgte.

Flint hielt die Luft an. Würden seine Eltern grünes Licht für den Ausflug nach New York geben?

Verknallt in Bucky

»Na gut, aber ihr müsst uns versprechen, ganz vorsichtig zu sein«, sagte Flints Mom.

Flint wäre ihr am liebsten um den Hals gefallen. Aber das wäre vor Iphi und ganz besonders vor Bucky uncool gewesen. Also sagte er nur: »Danke, super!«

Das Team verlor keine Zeit und stürmte in Flints Zimmer. Zuerst rief Iphi ihren Onkel Bob an und fragte, ob sie ihn besuchen dürften. Bob war sofort einverstanden. Er freue sich riesig, sagte er und ergänzte, dass die Njamm-Njamms seinen Supermarkt bisher verschont hatten.

Dann besorgte sich Iphi die Koordinaten ihres Zielortes in New York: das Haus von Onkel Bob.

Während Flint und Iphi ein paar Klamotten und einen Laptop in ihre Rucksäcke packten, kontrollierte Bucky den Inhalt der Metallbox, die er immer an einem Gürtel mit sich trug. Darin lagerte allerlei nützliches Werkzeug: Schraubendreher-Set, Steckschlüsselsatz, Seitenschneider, Klebeband und ein Messer mit unzähligen ausklappbaren Klingen und Sägen und einiges mehr.

Schließlich holte Flint den Teleporter-Stab aus einer Schublade. Damit zauberte er ein Hologramm in den Raum.

»Bitte sehr, steigt ein«, rief er aufgeregt.

Die geniale Erfindung mit dem Namen Porter erinnerte an einen Aufzug, war aber durchscheinend. Iphi, Bucky und Flint betraten ihn. Porters dunkle Stimme erklang: »Wohin wollen Sie?«

Iphi nannte die Koordinaten. Es dauerte eine Sekunde, dann hieß es: »In Ordnung. Ziel lokalisiert. Bereit zur Teleportation. Drei, zwei, eins. Go!«

Brütende Hitze herrschte in New York. Die Köpfe in den Nacken gelegt staunten die Freunde über die gigantischen Wolkenkratzer in Lower Manhattan, einem Bezirk in New York, in dem die Finanzwelt regierte. Das spektakulärste Bauwerk jedoch war mit großem Abstand das neue World Trade Center.

Onkel Bob hatte einen großen Supermarkt im Schatten eines der himmelstürmenden Gebäude und wohnte gleich nebenan. Da heute Sonntag war und die Bankwelt schlief, hatte Bob geschlossen. Das wiederum brachte den Vorteil, dass er Zeit hatte, sich um seine Gäste zu kümmern.

»Iphi, wie schön!«, rief er und schloss sie in die Arme. »Lange nicht mehr gesehen! Wie geht es dir?«

Dann schüttelte er Flint und Bucky die Hände. Erleichtert stellte Flint fest, dass Onkel Bob perfektes Deutsch sprach.

Onkel Bob war ein kleiner und sehr dicker Mann. Sein kugelrunder Glatzkopf ruhte nahezu halslos auf den breiten Schultern. Sein Gesicht verriet Neugier, und er war ein Mann, der ständig zu lächeln schien. Anders ausgedrückt: Onkel Bob war jemand, bei dem sich eigentlich jeder sofort wohlfühlte.

Er führte sie in sein kleines Haus und bot ihnen eisgekühlte Limo sowie zwei riesige Schüsseln randvoll mit Süßigkeiten an.

Flint und Iphi bedienten sich. Genau wie Onkel Bob – mit einer beachtlichen Geschwindigkeit schaufelte er die Leckereien in sich hinein. Flint konnte sich nur allzu lebhaft vorstellen, wie der gute Bob zu seinem dicken Bauch gekommen war.

Das Team erzählte vom Tower und der Schule. Onkel Bob lauschte interessiert und holte zwischendrin eine riesige Box mit Schokoladeneis, deren Inhalt er verteilte.

Aber natürlich sprachen sie auch über die rätselhaften Überfälle der Njamm-Njamms.

»Tja, die Njamm-Njamms«, ächzte Onkel Bob. »Die Viecher sind für uns Supermarktbesitzer ein echtes Problem. Jeder kann der Nächste sein, den die verfressenen Biester heimsuchen. Die Polizei kriegt die Tiere einfach nicht in den Griff.« Er seufzte. »Aber immerhin bin ich bisher noch davongekommen. Wollt ihr mal meinen Supermarkt sehen? Ich habe erst vergangene Woche umgebaut. Der Obst- und Gemüsebereich wurde ganz neu gestaltet!«

»Na klar!«, riefen die Freunde.

Sie gingen zum Hintereingang des Marktes, wo Onkel Bob auch sein Büro hatte, das er ihnen ebenfalls unbedingt zeigen wollte. Auf dem Parkplatz davor stand ein endlos langes und uraltes Auto, das mit seinen großen Rostflecken auf dem sonnengebleichten roten Lack so aussah, als würde es gleich in sich zusammenfallen.

»Wow, ist das eine coole Karre! Richtig schön groß, nicht so eine kleine Blechbüchse wie bei uns«, meinte Bucky. »Die ist ganz nach meinem Geschmack.« Er nestelte an seiner Sonnenbrille. »Das richtige Bucky-Mobil.«

Da musste Onkel Bob lachen. »Was, du magst

meinen Chevrolet? Den alten Schrotthaufen? Aber ich verrate dir etwas: ich auch! Ich hänge einfach an der Karre und bringe es nicht übers Herz, sie zu verkaufen. Na ja, viel würde ich dafür auch nicht bekommen, ich müsste den Wagen wohl eher verschrotten. Aber das kommt für mich nicht infrage.« Er lächelte Bucky an. »Willst du mal hinters Steuer?«

»Au ja!«, freute sich der kleine Roboter.

Onkel Bob öffnete die Fahrertür. »Ich schließe nie ab, den klaut sowieso keiner«, sagte er, als er Iphis fragenden Blick bemerkte. Er griff ins Fach an der Tür. »Und hier ist der Schlüssel. Ich verlege ständig Sachen, und so hat das Ding seinen festen Platz. Da finde sogar ich ihn immer.«

Bucky kletterte in Windeseile auf den Fahrersitz und kurbelte begeistert am Lenkrad. Allerdings war er zu klein, um mit den Füßen die beiden Pedale des Automatikautos zu berühren.

»Wenn das meine Karre wäre, würde ich sie so umbauen, dass sie auf meine Stimme reagiert!«, protzte er.

»Natürlich«, meinte Onkel Bob schmunzelnd.

Nachdem es ihnen gelungen war, Bucky von dem

Wagen loszueisen, führte Onkel Bob sie voller Stolz durch sein Reich und erklärte ihnen jedes kleinste Detail.

Als sie zum neu gestalteten Obst- und Gemüsebereich kamen, blieb Flint wie angewurzelt stehen.

»Was ist?«, fragte Iphi.

Stumm deutete Flint auf einen Stand mit Bananen – und jetzt sahen auch Iphi, Bucky und Onkel Bob, was Flint alarmiert hatte: Dort saß ein putziges Wesen mit schwarzen Flecken auf den Ohren, das gerade eine Banane in den Pfoten hatte und sie mit großen braunen Kulleraugen anschaute.

»Oh nein, das ist ein Njamm-Njamm!«, kreischte Onkel Bob.

»Genau, und deshalb ist es ein Fall für mein Team!«, rief Bucky, flitzte los und fuhr dabei seine ausfahrbaren Arme aus, um das Tierchen zu schnappen. »Auf in die Schlacht, das gehört mir!«

Das Njamm-Njamm schaute den kleinen Roboter, der gerade auf es zustürmte, unverwandt an, und plötzlich wurden seine Augen größer und größer und größer.

Es legte den Kopf schief und spitzte die Lippen, als wolle es Bucky ein Küsschen geben. »Nix kuscheln, ich schnappe dich«, rief Bucky und warf sich auf das Pelztierchen.

Erschrocken ließ das Njamm-Njamm die Banane fallen. Doch als es in Buckys Armen lag, entspannten sich seine Gesichtszüge wieder.

»Njammnjamm?«, himmelte es den Roboter an.

»Wie njammnjamm«, gab Bucky etwas unfreundlich zurück. »Mondserersittler Bucky verhaftet dich. Alles, was Sie jetzt sagen, kann gegen Sie verwendet werden. Sie können einen Anwalt benachrichtigen ...«

»Bucky, es reicht«, rief Flint lachend, der mit Iphi und Onkel Bob herangeeilt war.

Dann schauten sie sich das Njamm-Njamm an.

»Wie süß!«, meinte Iphi.

»Finde ich auch«, stimmte Flint zu.

»Ich nicht«, sagte hingegen Bob mit besorgter Miene. »Das Vieh ist bestimmt ein Kundschafter. Es wollte vermutlich gucken, ob es bei mir etwas zu holen gibt, und dann seine verfressenen Freunde benachrichtigen. Großer Gott, bei der Vorstellung wird mir ganz anders. Wie gut, dass wir es geschnappt haben! Aber hoffentlich treibt sich hier nicht noch so ein Biest herum.«

»Wir?«, protestierte der Roboter. »Das war ich, Teddytiv Bucky. Äh, hat jemand Schandhellen dabei?«

»Nein, keine Handschellen«, prustete Flint los. »Das ist doch nur ein kleines Tier.«

»Das tut bloß so harmlos«, meinte Bucky.

Das Njamm-Njamm kuschelte sich in seine Arme

und spitzte wieder die Lippen. Jetzt kam es Buckys Wange ganz nah.

»Ich glaube, es hat sich in dich verknallt, Bucky«, sagte Iphi grinsend.

»VERKNALLT? In mich – bist du irre?«, schrie der Roboter.

»Warum nicht, du bist schließlich ein so cooler Typ. Sagst du jedenfalls immer«, lachte Flint. »Außerdem finde ich, dass ihr ein hübsches Paar abgebt.«

»Ihr wollt mich nur wieder verpupsen!«, zürnte Bucky und ließ das Njamm-Njamm fallen wie eine heiße Kartoffel.

»Oh nein, pass auf!«, rief Onkel Bob.

Der Roboter wollte seinen Fehler wiedergutmachen und bückte sich nach dem Tierchen – aber das war blitzschnell unter ein Regal gehuscht.

Das Team stürmte zur anderen Seite des Regals. Das Njamm-Njamm war nirgends zu sehen.

Gemeinsam suchten sie den Supermarkt ab, doch es war alles umsonst: Dem Njamm-Njamm war die Flucht geglückt …

Auf der Lauer

Bucky war die Sache ziemlich peinlich. Als sie nach einem leckeren Essen, das der begeisterte Koch Onkel Bob für sie zubereitet hatte, im Gästezimmer saßen, meinte er: »Das gefährliche Monster hat mich in eine Falle gelockt, Leute. Es hat mir schöne Augen gemacht, mein großes Herz ausgenutzt und mich dann gebissen ...«

»Gebissen? Du übertreibst, Bucky«, meinte Iphi.

»Nenenenenenene«, protestierte der kleine Roboter. »Es hat mich gezwickt, ihr habt's bloß nicht gesehen. Da ließ ich das Monster los, und nur so konnte es entkommen. Ich bin stinksauer und werde nicht eher ruhen, bis ich die grässliche Kreatur zur Strecke gebracht habe!«, kündigte der Roboter an.

Da wurde Iphi nachdenklich. »Hm, zur Strecke bringen ... also, das geht mir zu weit. Aber vielleicht hat Onkel Bob recht, als er gemeint hat, dass dieses Njamm-Njamm womöglich ein Kundschafter war.

Wenn es wirklich so ist, dann könnte es schon sehr bald zurückkehren, und zwar mit seinen verfressenen Freunden.«

»Was hast du vor?«, wollte Flint wissen.

»Was haltet ihr davon, wenn wir uns heute Nacht in Onkel Bobs Supermarkt auf die Lauer legen?«, schlug sie vor.

»Au ja, aber ganz topf sekret!«, jubelte Bucky.

Top secret, dachte Flint lächelnd, verzichtete aber darauf, seinen kleinen Kumpel mal wieder zu korrigieren.

Auch Flint war natürlich dabei, obwohl ihm klar war, dass es eine verdammt kurze Nacht werden könnte.

»Supi, auf in die Schlacht!«, freute sich Bucky noch einmal. »Wir versuchen, möglichst viele zu fangen!«

Dann liefen sie zu Onkel Bob, um ihn einzuweihen.

Er war einverstanden. »Aber wenn ihr wirklich Njamm-Njamms seht, müsst ihr mir sofort Bescheid geben!«, bat er.

Das *F. B. I. junior*-Team nickte.

Flint, Iphi und Bucky teilten sich auf. Der Roboter lauerte bei den Süßwaren, Iphi beim Gemüse und Flint hatte sich in einen dunklen Winkel verzogen, von wo aus er das Regal im Blick hatte, in dem die Chips und Erdnussflips lagerten.

Stunde um Stunde verging, und nichts tat sich. In seinem Versteck trat Flint von einem Bein auf das andere. Wie langweilig, wie unendlich öde das war!

Der Gang, den er überwachte, lag im schwachen Licht einer grünen Lampe, die über einem Notausgang befestigt war. Von der Straße fiel ebenfalls etwas Licht herein.

Flint gähnte herzhaft. Hatten sich die Njamm-Njamms doch einen anderen Supermarkt ausgesucht? War den kleinen pelzigen Fressmaschinen klar, dass man ihnen hier eine Falle stellen könnte?

Er schüttelte den

Kopf, schließlich waren es nur Tiere, die bestimmt nicht so weit denken konnten.

Flint gähnte noch einmal und ließ sich dann langsam an der Wand zu Boden sinken. Nun hockte er auf den kühlen Fliesen. Ob er kurz die Augen schließen durfte? Nur für einen klitzekleinen Moment?

Ja, dachte er, *wird schon nichts passieren,* und schon sank sein Kopf auf die Brust.

Doch nach nur wenigen Minuten schreckte er hoch. Ein Geräusch war an seine Ohren gedrungen.

Er rieb sich die Augen. Verdammt, er war richtig eingenickt! Voll daneben! *Alte Penntüte,* schimpfte er sich selbst in Gedanken.

Er drückte sich an der Wand hoch und spähte in den Gang.

Was war das für ein Geräusch gewesen? Nichts war zu sehen.

Aber da, wieder dieses Geräusch! Ein Rascheln, ein Reißen – so als würde man eine Tüte aufmachen.

Flint spähte in das Halbdunkel, bis seine Augen brannten. Und jetzt nahm er doch eine verdächtige Bewegung wahr: Da flitzte etwas auf sehr flinken

Beinen im Schatten eines Regals entlang! Etwas, das so groß war wie eine Katze.

Flint zweifelte keine Sekunde, dass es sich um ein Njamm-Njamm handelte! Er zückte sein Handy und wollte Onkel Bob heimlich, still und leise informieren, damit dieser auch gleich die Polizei einschaltete.

Seine Augen weiteten sich. Das Tierchen war nicht allein, eine ganze Horde tauchte nun auf! Jetzt war auch klar, woher das Geräusch gekommen war: Die Njamm-Njamms hatten damit begonnen, sich über die Chipstüten herzumachen. Das große Futtern und Mampfen hatte begonnen. Mit einer atemberaubenden Geschwindigkeit fraßen sich die Njamm-Njamms durch die Lagerbestände. Sie gaben vergnügte Quietschgeräusche von sich und klangen wie eine Gruppe Fünfjähriger beim Kindergeburtstag.

Wenn Onkel Bob als Tier wiedergeboren werden würde, dachte Flint amüsiert, dann als Njamm-Njamm.

Schnell tippte er die Nachricht an ihn ins Handy. Auf dieselbe Art alarmierte er Iphi und Bucky. Dann

kreisten sie die verfressene Bande ein, die mit leeren Tüten um sich warf.

Als das Team nur noch wenige Meter entfernt war, polterte Onkel Bob in den Supermarkt. Er schnaufte wie eine Dampflok und tupfte sich den Schweiß von der Stirn. Dann drückte er irgendeinen Schalter. Sofort flutete grelles Licht in den Markt.

Die Njamm-Njamms quiekten erschrocken auf und stoben in alle Richtungen davon.

»Haltet sie auf, sie dürfen nicht entkommen!«, brüllte Onkel Bob.

Wenn du dich nicht benommen hättest wie ein Elefant im Porzellanladen, hätten wir bestimmt schon ein paar geschnappt!, ärgerte sich Flint.

Er bückte sich, um eines zu fangen, doch das geschickte Tierchen flitzte zwischen seinen Beinen hindurch. Flint griff ins Leere. Iphi erging es nicht besser.

Nur Bucky schien eine Chance zu haben, was aber nur daran lag, dass ein Njamm-Njamm vor ihm stoppte, sich auf die Hinterbeine stellte und ihm die Nase entgegenstreckte. Es war das Njamm-Njamm

mit den schwarzen Flecken auf den Ohren, und wieder himmelte es den Roboter an.

»Vergiss es!«, grummelte Bucky und packte zu.

Doch das Njamm-Njamm wich aus und sauste hinter seinen Artgenossen her.

»Murks!«, giftete der Roboter und nahm wie Flint und Iphi die Verfolgung auf, während Onkel Bob hektisch zu telefonieren begann. Er wollte wissen, wo die Polizei blieb.

Das Team rannte zum Hintereingang und sah gerade noch, wie die Tiere hindurchsausten.

Wieso war die Tür nicht verschlossen?, wunderte sich Flint, als er noch einmal beschleunigte. Neben ihm sprintete Iphi, hinter ihm war Bucky, der auf seinen kürzeren Beinen ganz schön zu kämpfen hatte.

Die Njamm-Njamms rasten zu einem dunklen Transporter. Jetzt schwang eine Tür am Heck auf, und die Pelztierchen wuselten hinein. Mit einem Schlag fiel sie wieder zu – jemand musste die Tür von innen verriegelt haben.

»Den schnappen wir uns!«, rief Iphi.

Doch in diesem Moment heulte ein Motor auf, und der Wagen setzte sich in Bewegung. Trotz der Dunkelheit machte der Fahrer, von dem nicht mehr als ein schwarzer Schatten hinter dem Steuer zu sehen war, kein Licht an.

Iphi riss das Handy hervor und fotografierte das Fluchtfahrzeug.

»Wir müssen das Auto verfolgen!«, rief sie.

Flint lachte nur. »Zu Fuß?«

»Wieso zu Fuß? Ich weiß was Besseres!«, meinte Bucky grinsend.

Überrascht sah Flint ihn an. Was hatte der kleine Roboter vor?

Auf der Jagd

»Da steht Onkel Bobs alte Karre!«, gluckste Bucky. »Und wir wissen, wo der Schlüssel ist!«

Entgeistert schüttelte Flint den Kopf. »Das ist nicht dein Ernst, Bucky.«

»Doch!«, lautete die Antwort.

»Wir müssen erst Onkel Bob fragen!«

Bucky tippte sich an die Stirn. »Du hast doch nicht mehr alle Schassen im Trank! Dazu haben wir keine Zeit.«

Schon wieselte Bucky zum Chevrolet, riss die Tür auf, fischte den Schlüssel aus dem Seitenfach und rammte ihn ins Schloss.

»Bucky, nein!«, schrie Flint, als er mit Iphi seinen Kumpel erreicht hatte.

»Klappe, hinsetzen!«, kommandierte Bucky. »Du unten, ich oben auf deinem Schoß. Ich lenke, und du drückst mit deinen längeren Beinen auf die Pedale. Beeilt euch, sonst ist der Kerl über alle Berge.«

Schon saß Iphi auf dem Beifahrersitz – und auch Flint gab sich einen Ruck.

»Mann, bist du schwer!«, ächzte er, als Bucky auf ihn kletterte.

Das überhörte der Roboter und rief: »Vollgas, jetzt kommt Bucky, der Supi-Teddytiv!«

»Das geht in die Hose!«, fürchtete Flint. Dennoch drückte er vorsichtig auf das rechte Pedal, und der alte lange Wagen setzte sich in Bewegung.

»Was ist, kann die olle Kiste nicht schneller? Gib Gummi, Flint!«, verlangte Bucky, der eifrig am Lenkrad kurbelte. Der Wagen fuhr in Schlangenlinien vom Parkplatz und erreichte die schnurgerade Straße. In bereits einiger Entfernung war der Lieferwagen noch zu sehen. Gerade fuhr er – nach wie vor unbeleuchtet – unter einer Straßenlaterne hindurch.

Flint gab etwas mehr Gas.

»Ist das wirklich alles?«, nörgelte nun auch Iphi.

Flint verdrehte die Augen. Schlauschwätzende Beifahrer! Jetzt wusste er, warum sein Vater sich immer so über die höchst klugen Kommentare seiner Mutter aufregte, wenn er am Steuer saß.

Der Chevrolet rumpelte über die Straße. Die Karre war so breit und lang, einfach riesig. Flint kam sich vor wie der Kapitän auf der Brücke eines Supertankers.

»Gas, mehr Gas!«, quengelte Bucky.

Flint zögerte. Was, wenn sie wegen überhöhter Geschwindigkeit auffielen? Was, wenn die Polizei sie aus dem Verkehr fischte? Das würde eine Menge Ärger geben!

Iphi griff rüber und drückte auf Flints rechtes Bein. Prompt wurde die alte Möhre schneller!

»Lass das!«, beschwerte sich Flint, während die Tachonadel fünfzig Meilen erreichte. Das waren – er überschlug im Kopf – etwa achtzig Stundenkilometer!

Doch Iphi lachte nur. »Guck mal, wir holen den ein!«, rief sie triumphierend.

Das Lachen verging ihr, als Bucky auf die Idee kam, einhändig zu steuern, weil er mit der anderen Hand am Radio herumspielte. »Ich brauche jetzt einfach einen guten Sound. Rock 'n' Roll!«

»Bucky, nimm gefälligst beide Pfoten ans Steuer!«, schrie Flint, aber es war zu spät. Als sich der Roboter

zum altmodischen Radio beugte, verriss er prompt das Lenkrad.

Die Karre holzte über den Bordstein und kickte mit seiner mächtigen Stoßstange ein paar Mülltonnen beiseite. Es schepperte und rumpelte fürchterlich.

Irgendwie gelang es Bucky, das schwere Fahrzeug wieder auf die Straße zu lenken.

»Seht ihr, ich hab's drauf!«, meinte er, während er weiter nach dem richtigen Sender suchte.

Sicherheitshalber griff Flint ins Lenkrad.

»Nix da, gib du mal lieber Gas!«, fauchte Bucky ihn an.

Jetzt dröhnte aus den Boxen ein uralter Rocksong: *Born to be wild*.

»Hehe, das passt!«, jubelte der Roboter.

Flint schaute wieder auf die Straße, bei der es sich laut Schild um die Lafayette Street handelte. Der Verkehr wurde immer dichter, und Flints Puls beschleunigte sich. Hoffentlich bauten sie keinen Unfall! Doch Bucky machte die Sache zumindest jetzt, wo das mit der Musik geklärt war, ganz gut, musste Flint zugeben. Er hielt jedenfalls die Spur.

Es wurde allerdings immer schwieriger, von dem Lieferwagen nicht abgehängt zu werden. Der Fahrer hatte inzwischen das Licht eingeschaltet – wohl, um nicht aufzufallen.

Plötzlich heulte eine Sirene hinter ihnen, und Flint warf einen Blick in den Rückspiegel.

»Mist, die Polizei!«, rief er.

»Cool bleiben, Bucky ist bei euch!«, meinte der Roboter.

Wieder schaute Flint in den Rückspiegel. Der Polizeiwagen schoss heran und scherte aus, um sie zu überholen.

Der wird uns stoppen!, bibberte Flint. *Und dann haben wir ein Problem! Ein verdammt riesiges Problem! Ein Monster von einem Problem!*

Mit flackerndem Lichtbalken in den Farben Blau, Weiß und Rot kam der Polizeiwagen näher und näher. Jetzt war er auf gleicher Höhe.

»Birne runter!«, zischte Flint, und Bucky reagierte. Jetzt musste es so aussehen, als gäbe es nur einen Fahrer.

Allerdings war dieser Fahrer ein Kind, und Flint fürchtete, dass ihm die Idee, Bucky sozusagen verschwinden zu lassen, nicht viel nützen würde.

Doch sie hatten unglaubliches Glück: Die beiden Cops schienen sich überhaupt nicht für sie zu interessieren, sie schauten noch nicht einmal herüber!

Schon war das Auto vorbeigebraust und die Gefahr gebannt.

Bucky nahm den Kopf wieder hoch. »Seht ihr? Mit mir an eurer Seite kann gar nichts schiefgehen.«

Weiter ging die Verfolgung.

»Schneller, schneller!«, forderte Iphi. »Der hängt uns noch ab. Flint, du musst mehr Gas geben, und du, Bucky, das Lenkrad gerade halten.«

»Blablabla!«, rief Bucky.

Auch Flint war von den Kommentaren ihrer Beifahrerin genervt. »Mach's doch erst mal besser«, grummelte er.

»Gerne«, erwiderte Iphi grinsend und griff mit einer Hand ins Lenkrad.

»Nein, lass das!«, gellte Buckys Stimme. »Das ist mein Job!«

Nun war das ganze Team irgendwie damit beschäftigt, das Auto zu steuern – mit der Folge, dass die Karre ins Schlingern geriet.

»Nach links!«, schrie Bucky.

»Nach rechts!«, kam es von Iphi

»Geradeaus!«, war die Meinung von Flint.

Der Chevrolet pflügte durch den Verkehr. Nur um Haaresbreite gab es keinen Zusammenstoß.

Unvermittelt setzte der Lieferwagen den Blinker.

»Der biegt ab!«, erkannte Flint und klopfte Iphi auf die linke Hand, die am Lenkrad klebte.

»Autsch«, beschwerte sie sich. Aber immerhin ließ sie endlich los.

Der Lieferwagen kurvte in eine Nebenstraße und beschleunigte.

Mit einiger Mühe meisterte auch das *F.B.I. junior-*

Team die Kurve. Diese Straße war schmaler, aber ebenfalls dicht befahren.

Es gab jede Menge Läden, über den meisten hingen Werbetafeln mit chinesischen Schriftzeichen.

»Leute, könnte gut sein, dass wir in Chinatown sind!«, vermutete Iphi.

Wieder bog der Transporter ab. Als die Freunde abermals folgen wollten, schob sich gerade ein asiatischer Kleinwagen aus einer Parklücke und versperrte ihnen den Weg.

»Bremsen, bremsen!«, rief Bucky panisch.

Flint trat auf das linke Pedal, und das riesige Gefährt kam doch tatsächlich zum Stehen. Er wischte sich den Schweiß von der Stirn.

Umständlich, sehr umständlich und vor allem sehr, sehr langsam fuhr der Kleinwagen los. Er tuckerte wie in Zeitlupe weiter.

Verzweifelt sah das Team, dass der Lieferwagen an Vorsprung gewann. Seine Rückleuchten wurden immer kleiner.

»Mist, der Schurke haut ab!«, fluchte Bucky und schlug aufs Lenkrad, sodass die Hupe losging.

»Au ja, das ist cool!«, freute er sich und hämmerte auf die Hupe wie ein Schmied auf das glühende Eisen. »Vielleicht können wir diese olle Nuckelpinne vor uns von der Piste scheuchen.«

Doch der Kleinwagen schlich weiter über die Straße, die zudem so schmal war, dass das Team nicht überholen konnte.

Im Schneckentempo gelangten sie schließlich zu einer Kreuzung. Flint bremste erneut, und sie spähten in alle Richtungen.

Der Transporter war verschwunden.

Der rote Drache

»Das darf ja wohl nicht wahr sein!«, schimpfte Iphi, während Bucky immer noch die Hupe bearbeitete.

»Hör auf, das bringt nichts mehr«, meinte Flint niedergeschlagen.

»Du hast zu wenig Gas gegeben, Flint, und du hast immer gestört, Iphi!«, giftete Bucky. »Allein hätte ich den Typ geschnappt!«

»Guter Witz, du kommst ja noch nicht mal an die Pedale!«, erwiderte Flint, der nun ebenfalls sauer wurde.

»Genau!«, rief Iphi. »Unser Kurzer leidet an Größenwahn!«

»Das war gemein!«, schrie Bucky.

»Du warst auch gemein!«, entgegnete Iphi.

Sie stritten sich eine Weile, bis wieder eine Hupe ertönte. Doch diesmal war es ausnahmsweise nicht Bucky, sondern ein anderer Autofahrer, der ihnen wütend klarmachte, dass sie nach wir vor mit dem großen Schlitten die Kreuzung blockierten.

Hektisch fuhren die Freunde an den Straßenrand und ließen das andere Auto vorbei.

»Wir sollten aufhören, uns zu zoffen«, schlug Flint versöhnlich vor. »Schließlich sind wir nur als Team stark – oder?«

Nach einer kurzen Pause meinte Iphi: »Okay. Hast ja recht.«

»Okay«, sagte auch Bucky »Hai Pfeife!«

Dann klatschten sie sich gegenseitig ab und fuhren zurück zu Onkel Bobs Supermarkt.

Sie stoppten vorsichtshalber hundert Meter entfernt, weil – wie Flint richtig vermutete – die Polizei vor Ort war.

»Da seid ihr ja!«, begrüßte Onkel Bob sie erleichtert. »Wo habt ihr denn gesteckt? Ich habe mir schon Sorgen gemacht.«

Iphi plapperte los wie ein Wasserfall. Während sie sprach, bewölkte sich Onkel Bobs Miene zusehends – vor allem als er erfuhr, dass sie mit seinem Auto unterwegs gewesen waren.

»Das war viel zu gefährlich«, schimpfte er.

»Wir wollten doch nur helfen, den Fall zu lösen«, sagte Iphi mit einem solchen Dackelblick, dass ihr Onkel nicht länger böse auf sie sein konnte. »Wieso war eigentlich die hintere Tür des Supermarktes offen?«, wollte Iphi noch wissen.

»Sie wurde aufgebrochen«, sagte Onkel Bob.

»Das heißt, dass die Njamm-Njamms von irgendjemandem ganz gezielt in die Supermärkte gelassen werden ...«, sagte Flint nachdenklich. »Aber was hat derjenige vor? Was hat er davon, wenn die Njamm-Njamms die Regale leer fressen?«

»Gute Frage«, meinte Onkel Bob und kratzte sich am Hinterkopf. »Na ja, vielleicht findet die Polizei mehr heraus. Die Cops sichern gerade noch Spuren.« Er seufzte. »Da können wir schlecht helfen. Also gehen wir am besten rein und essen etwas. Diese ganze Aufregung macht mich hungrig.«

Nach einer leckeren Pizza liefen Flint, Iphi und Bucky in ihr Zimmer.

»Was für eine Pleite«, jammerte Bucky noch einmal.

»Ja, aber immerhin haben wir die Fotos von dem dunklen Lieferwagen«, erwiderte Iphi und schloss ihr Handy an den Laptop an. »Vielleicht helfen die uns weiter.«

Gemeinsam beugten sie sich über den Bildschirm. Iphis Fotos waren zum Teil unscharf und verwackelt. Manche waren fast komplett schwarz.

»Wie blöd, dass das Kennzeichen nicht zu erkennen ist«, maulte Iphi. Trotz Vergrößerung konnte man keine einzige Zahl und keinen einzigen Buchstaben lesen.

»Die Karre ist ziemlich verbeult«, meinte Flint. »Schaut mal hier. Und hier.« Er deutete auf den linken vorderen Kotflügel und das Heck. »Daran könnte man den Transporter vielleicht wiedererkennen.«

Iphi nickte. »Stimmt. Und wir wissen, dass der Wagen in Chinatown untergetaucht ist …«

»Was ist, wenn der Typ weitergefahren und gar nicht mehr in diesem Stadtteil ist?«, gab Flint zu bedenken.

Iphi stützte das Kinn in die Hand. »Mag sein, aber wir haben keine andere Spur. Ich bin dafür, dass wir

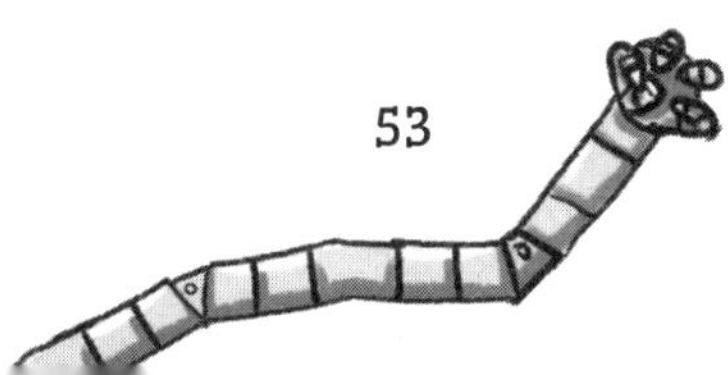

morgen in Chinatown nach der verbeulten Karre suchen.«

Flint und Bucky waren einverstanden. Dann legten sich Flint und Iphi hin und fielen in einen traumlosen Schlaf. Bucky stöpselte sich an eine Steckdose und lud seinen Akku auf.

Zum Frühstück tischte Onkel Bob Rührei, Speck, Würstchen und Orangensaft auf. Danach ging er in seinen Supermarkt, und das Team machte sich gleich auf den Weg nach Chinatown.

Bei strahlendem Sonnenschein begannen die Freunde auf der Canal Street mit ihrer Suche. Diese Straße bildete sozusagen die Hauptschlagader der Viertels, hatten sie von Onkel Bob erfahren.

Flint, Iphi und Bucky kam es so vor, als hätten sie gerade mit dem Teleporter den Kontinent gewechselt. Nichts war mehr typisch amerikanisch, sondern alles typisch chinesisch. Das galt nicht nur für die Schriftzeichen und Reklametafeln, sondern auch für die Restaurants oder Läden. In manchen Shops gab es sogar Waren mit der Aufschrift »Made in Chinatown«, wobei es sich vielfach um Fälschungen handelte: Parfüms, Markenklamotten, Uhren.

Eine geheimnisvolle Geruchsmischung zog die Freunde an einen Stand. Dort gab es Nüsse, Wurzeln, Samen, Blätter, getrocknete Früchte und Kerne in allen nur denkbaren Farben, Formen und Größen.

»Iiieh, da liegen ja auch eine ganze Menge Fische in der Sonne!«, ätzte Bucky. »Die sind bestimmt total vergammelt und stinken bis Timbuktu.«

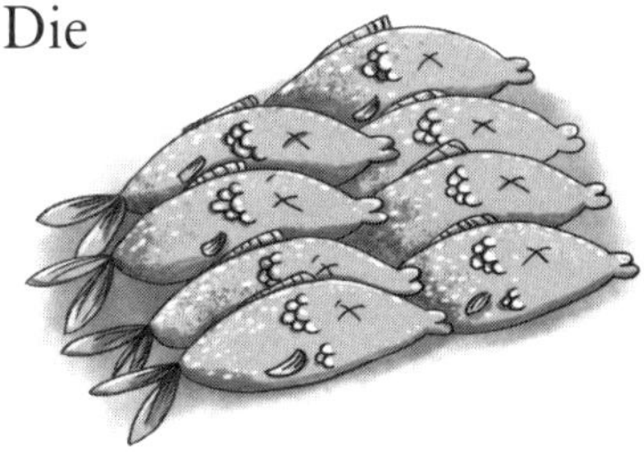

»Hm, die sind vermutlich getrocknet und können gar nicht mehr stinken«, hoffte Iphi.

Bucky hielt sich die Nase zu und verdrehte die Augen. »Von wegen! Ich steherbe ... Fangt mich auf.« Er täuschte einen Ohnmachtsanfall vor, doch Flint und Iphi lachten nur: »Lass den Quatsch!«

»Das ist kein Quatsch«, erwiderte der kleine Roboter. »Teddytiv Bucky schwebt in höchster Gefahr. Akuter Stinkefischalarm!«

»Hör auf damit«, sagte Flint grinsend und ging einfach weiter.

Immer wieder nahmen er und seine Freunde die Autos unter die Lupe, die die Straßen verstopften oder deren Fahrer verzweifelt nach einem Parkplatz Ausschau hielten.

»Kein dunkler Lieferwagen mit Beulen. Nur Stinkefische und so 'n Zeug!«, maulte Bucky, als sie in die Mott Street abbogen, wo sie ein ähnliches Bild erwartete: ein chinesischer Laden neben dem anderen, dazwischen rauchende und diskutierende Händler sowie Touristen mit baumelnden Kameras vor den Bäuchen.

Unbeirrt suchte das *F.B.I. junior*-Team weiter, lief Straße für Straße ab, spähte in schmale Gassen und offene Garagen. Aber es war zum Haareraufen: Sie sahen zwar eine ganze Menge Transporter, doch entweder hatten die eine andere Farbe oder waren nicht verbeult.

Enttäuscht kickte Bucky ein Steinchen in die Gosse. »Mistfurzkacke«, brummelte er. »Wir sollten die Sache abblasen. Das wird nichts mehr.«

Während Iphi unschlüssig wirkte, wollte Flint noch nicht aufgeben.

»Noch ein bisschen. Aber wenn wir in den nächsten fünfzehn Minuten nichts finden, drehen wir um«, schlug er vor.

Ergeben trotteten Iphi und Bucky hinter ihm her. Schließlich erreichten sie die Konfuzius-Plaza mit einem Denkmal des berühmten Philosophen, der vor zweieinhalbtausend Jahren gelebt hatte. Immer der Nase nach bog Flint in die vergleichsweise kurze Pell Street ein. Wieder nichts, kein verbeulter dunkler Transporter.

Dann ging er einfach mal nach links. Nun befanden sie sich in der Doyers Street, die nach etwa einhundert Metern einen Linksknick vollführte.

Flint blieb wie angewurzelt stehen. »Da, schaut mal!«, stammelte er.

Ein dunkler Kleinlaster. Beulen am linken vorderen Kotflügel und am Heck! Er war vor einem Geschäft mit Kräutern, Wurzeln und angeblichen Wunderheilmitteln abgestellt.

Flint gab den anderen ein Zeichen. Vorsichtig näherten sie sich dem Auto von hinten. Als die Freunde nur noch zehn Meter entfernt waren, erkannten sie,

dass jemand hinter dem Steuer saß. Allerdings war das Gesicht des Fahrers nicht zu erkennen, weil sich die Sonne in der Scheibe spiegelte. Nur ein Schemen war sichtbar.

»Das ist bestimmt der Täter«, flüsterte Flint. »Der Typ, der die Njamm-Njamms in die Supermärkte hetzt! Ich rufe die Polizei.«

Doch Iphi legte ihm eine Hand auf den Arm. »Nein, lieber nicht. Bis die Polizei da ist, ist der Täter vielleicht schon über alle Berge! Er braucht nur Gas geben – und schon ist er weg!«

Flint ließ sich nicht beirren. »Wir haben den Kerl aufgespürt, aber die Festnahme müssen wir der Polizei überlassen.«

»Oder mir. Mondерersittler Bucky«, warf der Roboter ein.

»Unsinn, viel zu gefährlich. Vielleicht ist der Typ bewaffnet«, konterte Flint und wählte den Notruf. Sein Englisch reichte aus, um die Cops zu informieren.

Keine zwei Minuten später gellte ein Signalhorn durch Chinatown. Die Polizei rückte an!

»Oh nö, geht das nicht ein wenig unauffälliger?«,

stöhnte Flint. Seine Sorge war durchaus berechtigt, denn schon flog die Tür des Lieferwagens auf, und ein Mann kletterte heraus. Dabei drehte er den Freunden den Rücken zu, sodass sie sein Gesicht wieder nicht erkennen konnten. Er trug eine Jeans und ein weißes T-Shirt. Jetzt eilte der Mann um die Front des verbeulten Wagens herum und verschwand aus dem Blickfeld des Ermittlerteams.

»Die Sirene hat ihn gewarnt! Ihm nach!«, zischte Iphi und rannte los.

Flint schob das Handy zurück in die Tasche und folgte ihr mit Bucky.

Sie schauten hinter dem Lieferwagen nach und sahen, dass der Verdächtige in eine winzige Gasse getürmt war. Sie war so schmal, dass kein Auto hindurchpasste.

»Und jetzt?«, überlegte Flint laut. »Sollen wir auf die Polizisten warten und ihnen zeigen, wohin der Kerl flieht?«

»Nö, dann ist er wirklich endgültig weg«, meinte Iphi. Wieder übernahm sie das Kommando und die Führung.

Sie hetzten den Weg entlang. Alte Männer, die in den Fenstern lehnten und an ihren Pfeifen zogen, schauten ihnen mit einer Mischung aus Verwunderung und Neugier nach.

Unvermittelt bog der Verdächtige in eine andere Gasse ab, und plötzlich waren dumpfe Trommeln, hallende Gongs und zischende Becken zu hören. Es war ein stampfender Rhythmus, der immer lauter wurde.

Nach einem letzten Sprint tauchte der Mann in einer Prozession unter.

Das Team stoppte mit offenen Mündern: Zwischen Hunderten von Schaulustigen tanzte ein Drache. Er war bestimmt zwanzig Meter lang, hatte vorn einen wunderschön gestalteten Kopf mit großen Augen und weit aufgerissenem Maul, aus dem eine rosarote Zunge quoll. Es folgten ein langer Leib mit Federn und ein ebenso langer Schwanz mit glitzernden Schuppen. Getragen wurde die Figur von vielen Männern, von denen jedoch nur die Beine zu sehen waren, die unter dem Federkleid hervorragten.

Dann kamen ein Trupp Musiker und ein weiterer

Drache mit einem feuerroten Leib und goldenem Kopf. Die Zuschauer klatschten begeistert und schossen Fotos.

»Wo ist er hin?«, wisperte Iphi.

Flints Blick irrte über die bunte Prozession – da, ein Mann mit Jeans und weißem T-Shirt! Der Kerl schlüpfte gerade unter das Federkleid des roten Drachen. Flint informierte seine Freunde.

»Hehe, jetzt wird's lustig«, meinte Bucky und flitzte los. Schon war auch er unter dem roten Ungetüm verschwunden.

»Oh nein, das geht in die Hose«, fürchtete Flint.

»Oder auch nicht«, meinte Iphi nur und folgte Buckys Beispiel. Notgedrungen kam auch Flint nach.

Er bückte sich und fand sich zwischen jugendlichen Chinesen wieder, die nur ein paar Jahre älter als sie zu sein schienen. Sie drückten den Drachenleib mit Holzstangen nach oben und hielten ihn in der Balance. Flint blickte nach vorn und erkannte, dass der Verdächtige sich langsam zum Kopf des Drachen vorarbeitete. Dabei rumpelte er gegen die Träger. Überhaupt war jetzt unter dem Kleid des Drachen definitiv zu viel los. Prompt geriet das lange Ungetüm aus dem Tritt und schwankte herum, als wäre es betrunken.

»Haut ab!«, wurde das Team angeblafft. »Ihr macht unseren schönen Drachentanz kaputt!«

»Wir sind gleich wieder weg!«, erwiderte Iphi in bestem Englisch. »Vorher müssen wir nur mal eben den Typ da vorn …«

»Gar nichts müsst ihr, verdammt noch mal!«, bellte einer der Jugendlichen. Er deutete mit einer Hand auf den Stab. »Damit werde ich euch verprügeln, wenn ihr euch nicht verkrümelt.«

»Das wirst du nicht!«, rief Bucky. »Wir sind das *F. B. I. junior*-Team!«

»Der Kurze hat aber eine große Klappe«, grollte ein anderer, während er weiterging und versuchte, mit seinen Freunden den Drachen zu stabilisieren.

»ICH BIN NICHT KURZ!«, schrie der Roboter.

»Was sagt der Zwerg?«, höhnte der Jugendliche, der unmittelbar vor Bucky marschierte und sich umgedreht hatte.

Zwerg? Er, Bucky – der Monderersittler und Meister-Teddytiv? Jetzt wurde er aber so richtig sauer. Der Roboter konnte einfach nicht anders: Er ließ seine ausfahrbaren Arme vorschnellen und rammte sie dem Typ in den Rücken. Der Chinese stolperte und ließ dabei die Stange los. Der schöne Drache fiel an dieser Stelle in sich zusammen und begrub den Träger unter sich. Jetzt brach völliges Chaos aus. Alle Träger purzelten übereinander, und der stolze Drache legte sich zur Seite, als habe er sich gerade ganz spontan zu einem Nickerchen entschlossen.

Flint, Iphi und Bucky krabbelten unter den Stoffbahnen hervor und sahen, wie der Verdächtige sich aus dem Staub machte.

Gerade als sie erneut die Verfolgung aufnehmen

wollten, wurden sie von einem der Chinesen angeraunzt: »Na wartet, jetzt gibt's was auf die Nase!«

»Ups, lasst uns bloß abhauen!«, rief Flint.

»Gute Idee!«, meinte auch Iphi.

Doch zu ihrem Entsetzen sahen die beiden, dass sich Bucky dem Kerl entgegenstellte.

»Bucky, komm sofort her, gegen den hast du keine Chance!«, warnte Flint.

Aber der Roboter hörte nicht auf ihn. »Ich muss dich warnen, Pupskopf!«, schleuderte er seinem Gegner entgegen und ballte die Fäuste. »Ich kann Mikado!«

»Was kannst du?«, staunte der Junge. Er lachte und zog eine der Holzstangen unter dem Drachen hervor. »Mikado spielt man doch mit Stäben. Und ich habe heute mal einen ganz großen Stab mitgebracht!«

Er schwang den Prügel und stapfte damit auf den kleinen Roboter zu.

Oh nein!, dachte Flint. *Das geht nicht gut!* Sie mussten Bucky irgendwie helfen.

Nur wie?

»Wir müssen den Typ ablenken!«, zischte Iphi. »Huhu, Blödi, hier sind wir!«, rief sie.

»Noch jemand mit einer zu großen Klappe!«, brüllte der Jugendliche und schwenkte den Holzstab in Iphis Richtung.

Klasse, jetzt war zwar Bucky für einen Moment aus der Schusslinie, aber dafür schwebte Iphi in Gefahr.

Flint überwand seine Angst, nahm etwas Anlauf und rammte den Chinesen von hinten mit der Schulter. Prompt ging der zu Boden.

»Gut gemacht!«, meinte Bucky voller Respekt. »Aber ich wäre mit dem schon allein fertiggeworden.«

»Na klar«, erwiderte Flint und verdrehte die Augen. »An deiner Stelle würde ich jetzt lieber laufen, anstatt zu quasseln.«

Die drei stürmten in die nächstbeste Gasse und konnten entkommen. Wütende Rufe hallten hinter ihnen her.

Die Freunde rannten, bis ihre Lungen brannten. Völlig außer Atem hielten sie schließlich an.

»Wo sind wir hier überhaupt?«, fragte Iphi, die keuchend an einer Wand lehnte.

»Keine Ahnung«, erwiderte Flint, »aber wir haben ja unsere Handys dabei. Wir finden schon wieder zu Onkel Bob zurück, keine Sorge.«

»Blöd nur, dass wir den Verbrecher aus den Augen verloren haben«, meinte Bucky enttäuscht.

»Aber wir wissen, wo sein Auto steht«, sagte Flint. »Ich bin dafür, dass wir dort noch mal nachschauen. Vielleicht wohnt er ja in dem Haus, vor dem er geparkt hat.«

Iphi blies die Backen auf. »Das wäre zu schön, um wahr zu sein ... aber einen Versuch ist es allemal wert.«

Kurze Zeit später standen sie wieder in der Doyers Street – und sie hatten Glück: Dort parkte nach wie vor der dunkle Kleinlaster mit den Beulen am linken vorderen Kotflügel und am Heck.

Und es wurde noch besser: Er war von zwei Polizeiwagen eingekeilt!

Das Team sprach einen der Cops an, der gerade das Fahrzeug untersuchte.

»Ach, ihr habt uns also gerufen«, sagte der Mann.

»Genau!«, rief Iphi. »Gut, was? Wohnt der Täter vielleicht in dem Haus?«

Der Polizist zuckte mit den Schultern. »Das versuchen wir gerade herauszufinden. Aber es sieht bisher nicht so aus. Inzwischen konnten wir aber den Besitzer des Autos ermitteln – und dem werden wir jetzt auf den Zahn fühlen.«

»Der Besitzer wohnt also nicht hier?«, hakte Iphi nach.

»Nein«, erwiderte der Cop. »Jetzt lass uns unsere Arbeit machen.«

Das *F.B.I. junior*-Team stellte sich ein wenig abseits und beratschlagte sich.

»Die werden den Täter bestimmt gleich verhaften und die Njamm-Njamms einsammeln. Fall gelöst.

Hai Pfeife! Und wir haben dabei geholfen«, meinte Bucky.

»Hm«, machte Flint. »Noch ist es nicht so weit.«

»Ach was, das wird schon«, gab sich Iphi zuversichtlich. »Und vielleicht bedankt man sich ja wenigstens noch bei uns für den entscheidenden Tipp. Ich würde vorschlagen, wir machen uns auf den Weg zurück zu Onkel Bob. Der wird bestimmt total erleichtert sein, dass der Spuk vorbei ist. Danach können wir eigentlich auch nach Hause düsen, oder?«

Eine Viertelstunde später waren sie wieder im Supermarkt.

Als sie Onkel Bobs Büro betraten, wurde ihnen sofort klar, dass etwas nicht stimmte. Er war kreidebleich und schien regelrecht unter Schock zu stehen.

»Was ist los?«, fragte Iphi besorgt.

Ein unheimlicher Anruf

»Ich … ich habe gerade eben einen Drohanruf erhalten«, stammelte Onkel Bob.

»Was?«, platzte Iphi heraus.

»Ja, von jemandem mit einer ganz komischen Stimme. Sie war bestimmt verstellt oder irgendwie elektronisch verzerrt. Aber ich bin mir sicher, dass es ein Mann war. Er behauptet, die Njamm-Njamms gezüchtet zu haben, und verlangt fünf Millionen Dollar von der Stadt New York. Sonst will er noch viel mehr Njamm-Njamms losschicken!«, berichtete Onkel Bob.

Iphi musste sich erst einmal setzen. Dann erzählte sie von der Verfolgungsjagd in Chinatown. Onkel Bob kam aus dem Staunen gar nicht mehr heraus.

Schließlich fragte Iphi ihn: »Wieso wendet sich der Erpresser eigentlich ausgerechnet an dich?«, wollte sie wissen.

Onkel Bob schnaufte. »Das habe ich ihn natürlich

auch gefragt. Ich habe ihm gesagt, dass er bei mir an der falschen Adresse ist. Doch der Kerl meinte nur, dass er bei mir sicher sein könnte, dass niemand das Gespräch aufzeichnet und versucht, ihn zu orten.«

Das brachte Iphi auf eine Idee: »Hast du die Telefonnummer des Anrufers gesehen?«

Onkel Bob schüttelte den Kopf. »Leider nein. Der Anrufer hat sie wohl unterdrückt.«

»Was hat er denn noch gesagt?«, wollte Bucky wissen.

»Dass ich auf keinen Fall die Polizei einschalten soll und dass er sich heute noch mal melden will, um Details zu nennen: Wo und wann die Geldübergabe stattfindet«, antwortete Onkel Bob und richtete den Blick auf den kleinen Roboter. »Und noch etwas: Du sollst der Geldbote sein!«

Während Flint und Iphi völlig überrascht waren, warf sich Bucky in die Brust: »Tja, Leute – ihr seht mal wieder, wem die wirklich heißen Dinger anvertraut werden: Schpäschelägent Bucky. Wenn's wirklich brennt, wenn's so richtig knallt, braucht man einen wie mich.«

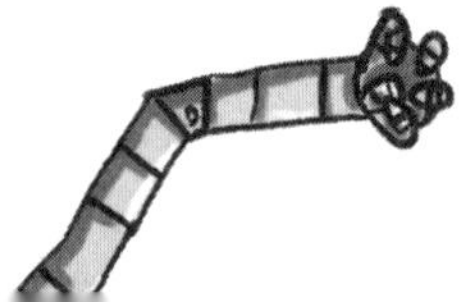

»Ist klar, Special Agent«, lachte Flint. »Aber das kann der Erpresser doch nicht ernst meinen, oder?«

»Wieso nicht?«, brauste Bucky auf.

Onkel Bob hob abwehrend die Hände. »Ich werde jetzt den Bürgermeister und die Polizei anrufen!«

»Aber der Täter hat gesagt, dass du das nicht tun darfst! Mit dem Kerl werde ich auch allein fertig«, rief Bucky.

»Nein, das ist auf jeden Fall eine Sache für die Cops«, beharrte Onkel Bob und tippte die Nummer ein.

Zehn Minuten später war Onkel Bob fertig. »Die Polizei geht auf die Erpressung ein – aber nur zum Schein. In Wirklichkeit wollen sie dem fiesen Erpresser eine Falle stellen.«

»Und wie?«, fragte Flint.

»Das haben sie mir nicht verraten. Ich soll warten, bis sich der Kerl wieder meldet und Uhrzeit und Ort für die Geldübergabe nennt. Dann will die Polizei die nächsten Schritte überlegen. Mein Handy wird allerdings jetzt abgehört, damit man den Erpresser vielleicht orten kann. Ich soll das Gespräch möglichst in die Länge ziehen, damit die Cops genug Zeit haben.«

»Dann können wir jetzt also nichts weiter tun, als zu warten«, meinte Flint.

Um acht Uhr abends schloss Onkel Bob den Supermarkt und ging mit dem *F.B.I. junior*-Team in sein Haus. Und tatsächlich – es dauerte nicht lange, bis sich der Erpresser wieder meldete! Der Supermarktbesitzer drückte die Lautsprechertaste, damit die Freunde mithören konnten.

Gebannt lauschten sie der merkwürdig krächzenden Stimme. Der Ort für die Geldübergabe sollte Madame Tussauds sein, und zwar morgen um 19.45 Uhr.

»Das ist kurz vor dem Schließen«, sagte die unheimliche Stimme.

Onkel Bob tat so, als könne er sich das alles nicht merken, und fragte ein paarmal nach.

Unbewusst hatte Flint begonnen, die Daumen zu drücken – hoffentlich reichte der Polizei die Zeit, um das Handy zu orten! Dann war das Telefonat auch schon wieder beendet.

»Madame Tussi? Wer ist das?«, fragte Bucky neugierig.

»Das ist keine Frau, sondern ein Wachsfigurenkabinett«, erklärte Onkel Bob. »Dort sind berühmte Personen in Wachs täuschend echt nachgebildet.«

»Also bin ich dort auch zu sehen?«, fragte Bucky. »Davon weiß ich aber nichts. Die müssten mich erst mal um Erlaubnis fragen!«

Flint war leicht genervt. »Bucky, halt mal kurz die Luft an. Es gibt jetzt Wichtigeres. Zum Beispiel ob die Polizei ermitteln konnte, von wo aus der Täter angerufen hat!«

Onkel Bob hakte bei der Polizei nach.

»Bingo«, sagte er, nachdem auch dieses Gespräch beendet war. »Der Anruf kam von Liberty Island!«

»Oh, auf der Insel steht doch die Freiheitsstatue!«, rief Iphi.

»Ganz genau. Die Cops sind schon losgerast, um den Täter zu schnappen!«

Iphi glühte förmlich vor Aufregung. »Da wäre ich ja zu gerne dabei!« Sie schaute zu Flint. Der ahnte, was sie vorhatte: Mit dem Teleporter könnten sie im Bruchteil einer Sekunde an der Freiheitsstatue sein – noch vor der Polizei …

Der Countdown läuft

Unter dem Vorwand, sehr müde zu sein, zog sich Iphi in ihr Zimmer zurück – natürlich schleifte sie Flint und Bucky gleich mit.

»Los, Flint, rückt den Teleporter-Stab raus!«, verlangte Iphi.

»Ja, wir düsen zu der ollen Eier-Insel und verhauen den Schurken!«, jubelte Bucky.

Flint zögerte – und was, wenn der Täter eine Waffe hatte?

»Auf geht's!«, drängte Iphi mit einem Blick auf ihr Handy. »Ich habe bereits die richtigen Koordinaten.«

Schließlich gab Flint nach, und schon flimmerte das Hologramm im Raum, und Porters Stimme war zu hören: »Sie wünschen?«

Wieder war es Iphi, die die Koordinaten nannte.

Die Antwort kam prompt: »In Ordnung. Ziel lokalisiert. Bereit zur Teleportation. Drei, zwei, eins. Go!«

Die kleine unbewohnte Insel in der Upper New York Bay lag bereits in der Abenddämmerung. Die letzten Touristen hatten das Eiland verlassen. Einsam ragte die 93 Meter hohe und über 200 Tonnen schwere Freiheitsstatue in den violetten Himmel, den Arm mit der Fackel ausgestreckt. In einiger Entfernung fuhren Boote in allen Größen. Einige hielten sich westlich und steuerten den East River an, andere tuckerten geradeaus in den Hudson River.

Flint, Iphi und Bucky standen ganz in der Nähe des riesigen sternförmigen Sockels, auf dem die Statue thronte, und schauten sich sorgsam um. Wo war der Kerl? Lauerte er hier irgendwo, vielleicht in einem Boot?

Niemand war zu sehen, noch dazu war die Insel zum Teil bewaldet und die Sicht daher eingeschränkt.

Jetzt drang Motorenlärm an ihre Ohren. Hubschrauber knatterten heran. Außerdem schossen Schnellboote auf die Insel zu.

»Das ist die Polizei!«, meinte Flint, der ein Kribbeln in der Magengrube spürte.

»Gut kombitiert«, lästerte Bucky.

Keine zwei Minuten später wimmelte es nur so von Polizisten. Die Freunde hielten sich im Hintergrund. Schließlich war die Insel bereits für Besucher geschlossen. Gut möglich, dass die Cops ihnen ein paar unangenehme Fragen gestellt hätten. Doch die Polizisten hatten anderes zu tun.

Sie suchten den Erpresser – genau wie das *F.B.I. junior*-Team.

Im Rücken der Cops machten sich die Freunde ans Werk. Immer wieder tauchten sie hinter dem Sockel der Statue, einem der flachen Nebengebäude, einer Mauer oder Bäumen ab, um den Polizisten aus dem Weg zu gehen.

Als sie an einem Mülleimer vorbeikamen, stutzte Flint. Was war denn das? Lag da etwa ein ...

Ja, richtig, dort lag ein Handy – ganz oben auf einer zerknüllten Zeitung.

Flint winkte seine Freunde heran und zeigte ihnen den Fund. »Da ich mir nicht vorstellen kann, dass jemand sein Handy einfach so wegschmeißt, tippe ich darauf, dass dieses Ding dem Erpresser gehört.«

»Du meinst, er hat damit gerade Onkel Bob angerufen und danach das Handy entsorgt, weil er wusste, dass man ihn ortet?«, fragte Iphi atemlos.

Flint nickte und meinte: »Die Polizei muss davon wissen!«

Zwei Cops beugten sich nur dreißig Sekunden später über den Müllbehälter.

»Wieso seid ihr überhaupt noch auf der Insel?«, wollte einer der beiden Polizisten von den Freunden wissen. »Eigentlich ist …«

Da bimmelte das Handy, und alle fuhren zurück, als hätte gerade ein bissiger Rottweiler nach ihnen geschnappt.

»Großer Gott«, murmelte der eine Cop, nahm das Handy, drückte die Lautsprechertaste und meldete sich: »Hallo?«

»Guten Abend«, schnarrte eine Stimme.

Das Team blickte sich an. Keine Frage, das war wieder die verzerrte Stimme des Erpressers!

»Dieser Supermarkt-Heini hat sich nicht an die Anweisungen gehalten und mir euch Dummköpfe auf den Hals gehetzt«, sagte er. »Aber glaubt ihr denn wirklich, dass ich so dämlich bin und euch in die Falle tappe? Natürlich nicht! Eure Aktion hat übrigens Konsequenzen. Bereits heute Nacht werde ich meine kleinen Freunde losschicken. Und ich werde es wieder und wieder tun, bis ich die fünf Millionen Dollar habe. Ist das klar?«

Der Cop schwieg mit bewölkter Miene.

»Und noch etwas«, fuhr der Erpresser mit einem heiseren Lachen fort: »In dem Handy ist Sprengstoff, damit es zerstört wird und ihr keine Spuren finden könnt. Gleich fliegt das Ding in die Luft. Ihr habt noch zehn Sekunden Zeit. Zehn, neun, acht ...«

Panik trat in den Blick des Polizisten, der das Smartphone hielt.

»Schmeiß es weg, verdammt, schmeiß es weg!«, fuhr ihn sein Kollege an.

»Sieben, sechs ...«

»Nun mach schon!«, gellte auch Buckys Stimme.

Doch der Polizist schien wie gelähmt!

Das Ultimatum

Endlich schleuderte der Cop das Handy in Richtung Wasser. Dummerweise landete das Ding auf einem der Polizeiboote, auf dem sich zum Glück niemand mehr befand.

Eine gewaltige Explosion zerriss das Schiff – Splitter flogen in alle Himmelsrichtungen, während eine grelle Lichtsäule in den Himmel stieg. Dichter Qualm legte sich über Liberty Island, während von allen Seiten schwer bewaffnete Polizisten heranstürmten.

»Ui, das hat aber so richtig Bumm gemacht«, kommentierte Bucky.

»Allerdings«, meinte Flint, der ziemlich blass um die Nase war.

Da wurden sie von einem der Cops weggezogen. »Ihr müsst hier sofort verschwinden, das ist viel zu gefährlich für kleine Kinder!«, sagte der Mann besorgt und bugsierte sie zu einem anderen Polizeiboot.

»Ich bin nicht klein«, protestierte der Roboter.

»Ist klar, du bist ein Riese«, erwiderte der Polizist angespannt.

Bucky stemmte die Arme in die Seite. »Willst du mich verpupsen?«

»BUCKY!«, riefen Flint und Iphi im Chor und brachten ihren Freund dazu, die Klappe zu halten. Jedenfalls für ein paar Minuten.

Iphi erzählte dem Polizisten, dass sie bei der Besichtigung der Freiheitsstatue versehentlich von ihren Eltern getrennt worden seien und das letzte Boot zum Festland verpasst hätten. Damit gab sich der Polizist zufrieden.

Das Boot brachte das *F.B.I. junior*-Team zur Anlegestelle der Staten Island Ferry.

»Von hier kommen wir schon allein weiter«, versicherte Iphi dem Polizisten und deutete auf ihr Handy. »Unsere Eltern holen uns gleich ab!«

Der Cop nickte nur und fuhr zurück zur Freiheitsstatue.

Auf Zehenspitzen schlichen sie in ihr Zimmer, vorbei an Onkel Bob, der vor dem laufenden Fernseher döste, eine Schüssel Popcorn auf dem großen Bauch.

»Ob der Täter seine Drohung wahr macht und die Njamm-Njamms wirklich wieder losjagt?«, überlegte Flint, während er die Schuhe von den Füßen kickte und sich aufs Bett legte.

»Hoffentlich nicht«, meinte Iphi. »Vielleicht wird ihm die Sache auch zu heiß – er hat ja gesehen, dass die Polizei ihm dicht auf den Fersen ist.«

»Dicht auf den Fersen? Der Täter hat die Polizei doch lächerlich gemacht«, konterte Flint.

Sie diskutierten noch eine Weile hin und her.

Auch Bucky gab natürlich seinen Senf dazu: »Der olle Schurke macht bestimmt weiter. Und dann muss ich ihm die Millionen bringen.« Er überlegte einen Moment. »Oder auch nicht ... vielleicht sollten wir die Kohle behalten, in die Südsee fahren und Urlaub machen ...«

»So 'n Quatsch!«, grummelte Flint.

Iphi streckte sich auf dem Bett aus und verschränkte die Arme hinter dem Kopf. »Ach, fünf Millionen ... was könnte man damit alles anfangen – nie mehr Schule, immer Strand ...«

»Iphi, du spinnst«, sagte Flint nur. »Ich bin müde. Lasst uns eine Runde schlafen. Und morgen sehen wir weiter.«

»Genau«, meinte Bucky. »Und dann gehen wir mit dem Koffer voller Kohle ins Reisebüro – Bucky will für ein halbes Jahr ins Disneyland!«

»Habt ihr das schon gehört?«, begrüßte sie Onkel Bob am nächsten Morgen beim Frühstück. Sein Gesicht war düster wie eine Gewitterwolke.

»Ne, was denn?«, fragte Iphi. »Etwa wieder ein Überfall von den Njamm-Njamms?«

»Genau das«, sagte Onkel Bob. Er klang ziemlich

müde. »Diesmal war es ein Supermarkt, der nur ein paar Blocks von meinem entfernt liegt.« Er schaute auf die Uhr und ergänzte: »Mal sehen, was die Nachrichten bringen …«

Er machte den Fernseher an.

Ein Banner mit der Aufschrift »News« lief über den unteren Bildschirmrand. Der neuerliche Überfall auf einen Supermarkt war das Hauptthema der Eilnachrichten. Der Besitzer klagte vor laufender Kamera: »Der Schaden ist riesig! Und ich bin nicht versichert. Es muss endlich was getan werden gegen diese Biester! Wenn es die Polizei nicht schafft, uns Bürger zu beschützen, dann muss man eben selbst et-

was unternehmen. Ich werde einen Wachdienst engagieren und auf die Viecher schießen lassen!«

»Oje«, meinte Iphi entsetzt.

Dann kamen andere Supermarktbesitzer zu Wort. Auch sie kündigten an, sich mit allen Mitteln gegen die Njamm-Njamms zur Wehr setzen zu wollen.

Schließlich erzählte der Nachrichtensprecher, dass der Besitzer eines verdächtigen Lieferwagens, mit dem einige Njamm-Njamms transportiert worden waren, vernommen worden sei. Doch der Mann habe glaubhaft versichert, dass sein Auto gestohlen wurde. Außerdem hatte er ein Alibi.

Als die Nachrichten beendet waren, ging Onkel Bob in seinen Laden.

»Dann ist der Besitzer von dem verbeulten Transporter wohl wirklich unschuldig«, sagte Flint.

»Ja, und jetzt wollen sie die Njamm-Njamms ganz aus dem Weg räumen«, meinte Iphi tonlos. »Das ist furchtbar, die sind doch so süß. Die Kleinen haben nur Hunger und werden von diesem Mistkerl ausgenutzt.«

»Richtig, dieser Feigling benutzt die Njamm-

Njamms doch nur für seine Erpressung«, sagte Flint. Auch er war wütend und traurig.

»Ich finde die Njamm-Njamms auch ganz nett. Zumindest haben sie einen guten Geschmack«, sagte Bucky.

»Wieso, weil sie so gerne Chips essen?«, fragte Iphi.

»Nö, weil sie auf mich stehen. Sie lieben Mondersittler Bucky«, sagte er voller Stolz.

Flint und Iphi verdrehten die Augen.

»Lasst uns zu dem Supermarkt fahren, der vergangene Nacht geplündert worden ist«, schlug Flint vor. »Vielleicht finden wir dort neue Spuren.«

»Sollen wir nicht einfach den Teleporter nehmen?«, fragte Bucky. »Das Ding ist viel cooler als die U-Bahn.«

»Ne, lass mal«, bremste Flint ihn. »Ich möchte einfach nicht, dass jemand zufällig den Teleporter sieht und Fragen stellt. Ihr wisst ja, dass meine Eltern nicht wollen, dass die Erfindung bekannt wird.«

Iphi nickte. Nicht auszudenken, wenn zum Beispiel ein Gefängnisinsasse den Teleporter in die Hände bekam …

Sie nahmen also die U-Bahn.

Doch am Tatort erreichten die Freunde nichts. Das Gelände war weiträumig abgesperrt, und das *F.B.I. junior*-Team kam noch nicht mal in die Nähe des Eingangs.

Die Freunde lungerten ein wenig dort herum und verkrümelten sich schließlich unverrichteter Dinge.

»Und nun?«, fragte Flint.

»Ein bisschen Sightseeing?«, schlug Iphi vor. »Vielleicht meldet sich der Täter ja in der Zwischenzeit mit einer weiteren Forderung, und wir haben einen neuen Anhaltspunkt.«

Am frühen Nachmittag – die Freunde schauten sich gerade das 443 Meter hohe Empire State Building in Manhattan an – wurde Iphi von Onkel Bob angerufen.

»Ihr müsst sofort herkommen«, rief er.

»Was ist passiert?«

»Der Erpresser hat sich wieder bei mir gemeldet und seine Forderung nach den fünf Millionen Dollar erneuert. Er hat ein Ultimatum gestellt: Wenn er das

Geld nicht heute bekommt, wird er Hunderttausende von Njamm-Njamms losschicken. Jetzt wollen die Stadt und die Polizei tatsächlich darauf eingehen. Der Mistkerl bleibt dabei: Bucky muss der Geldbote sein! Heute Abend soll er die Millionen zu Madame Tussauds bringen.«

»Okay, wir sind schon unterwegs!«, sagte Iphi schnell.

Als sie bei Onkel Bob waren, erzählte der: »Bucky soll das Geld wie schon gesagt um 19.45 Uhr abstellen und zwar bei ...«

»Au ja, ich darf zur Tussi!«, freute sich Bucky einmal mehr.

»Lass mich doch mal ausreden«, mahnte Onkel Bob, der fürchterlich nervös wirkte. »Du sollst die Tasche mit dem Geld bei Hulk hinlegen. Und keine Polizei darf in dem Museum sein.«

»Hulk? Das ist doch der große grüne, dicke Comic-Held, oder?«, fragte Bucky prompt.

»Wie gut, dass er das nicht hören kann! Der ist nämlich ganz schön stark«, meinte Flint grinsend.

»Ich bin auch stark«, erwiderte der Roboter kühn. »Und wo ist jetzt die Kohle?«

Onkel Bob hob beschwichtigend die Hände. »Ganz ruhig«, sagte er. »Die Polizei will das Geld in einem Spezialtransporter kurz vor der Übergabe zum Wachsfigurenkabinett bringen. Du sollst auch dort sein. Dann wird alles Weitere mit dir besprochen, hat man mir gesagt.«

Flint schaute zu Bucky. Es war seinem Freund anzusehen, wie stolz er auf den Auftrag war. Der Roboter schien gar nicht zu ahnen, dass er sich womöglich auch in große Gefahr begeben könnte …

Im Wachsfigurenkabinett

Pünktlich auf die Sekunde war Bucky bei Madame Tussauds am Times Square. Flint und Iphi hatten es sich natürlich nicht nehmen lassen, ihn zu begleiten.

Ein Inspektor namens Jackson schob sie in einen Polizeitransporter.

»Ich kann es einfach nicht fassen, dass der Täter ausgerechnet dich als Geldboten ausgesucht hat«, begann er.

»Wieso?«, fragte Bucky.

»Wieso? Das fragst du noch? Weil du ein Kind bist!«, erwiderte der Inspektor. »Aber keine Sorge, wir haben auf den Dächern Scharfschützen postiert. Auch im Wachsfigurenkabinett werden meine Männer sein und auf dich aufpassen.«

»Hat der Täter nicht ausdrücklich verlangt, dass keine Polizei in der Ausstellung sein darf?«, warf Iphi ein.

Der Cop nickte. »Stimmt. Aber die Zielperson wird

das gar nicht mitbekommen. Meine Männer sind als Mitarbeiter des Museums getarnt. Die Scharfschützen liegen hinter Reklametafeln oder Schornsteinen und sind sozusagen unsichtbar.« Er wandte sich an Bucky. »Hier ist die Sporttasche mit den fünf Millionen Dollar. Die stellst du um Punkt 19.45 Uhr bei Hulk ab und gehst wieder zum Ausgang. Alles andere überlass uns.«

Iphis Augen verengten sich. »Was haben Sie vor?«

Jackson lächelte dünn. »Keine Details, das ist eine geheime Kommandosache. Nur so viel: Der Täter wird nicht lange Freude an dem Geld haben ...«

Flint schluckte. Hoffentlich gab es keine Schießerei oder so was!

Es gelang ihm und Iphi, sich hinter Bucky in die Ausstellung zu schleichen. Die beiden hielten einen gewissen Abstand zum Roboter. Beim Reingehen hatte Flint registriert, dass sein kleiner Freund nun doch ziemlich nervös zu sein schien. Aber selbstverständlich ließ sich der coole Bucky nichts anmerken.

Dann schlenderten sie durch das Kabinett mit

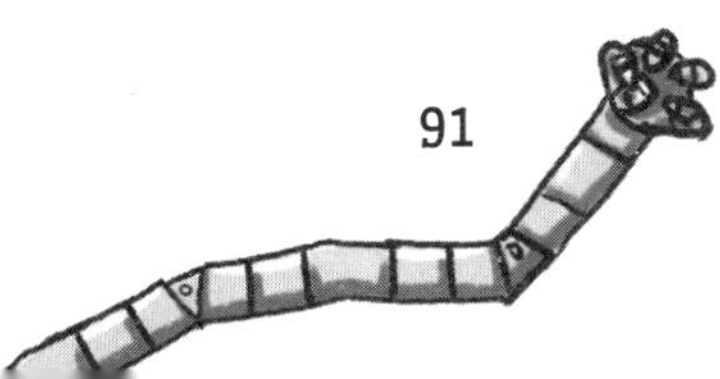

seinen über zweihundert Figuren – gezeigt wurden Stars aus Politik, Sport und Kino.

Dabei wurde auch Flint immer hibbeliger.

War der Erpresser vielleicht bereits in der Ausstellung? Hatte er sich als Besucher getarnt?

Und wo waren die Polizisten, die auf Bucky aufpassen sollten? Schräg vor ihnen saß ein Mann auf einem Stuhl und musterte gelangweilt die wenigen Besucher, die jetzt noch im Kabinett unterwegs waren.

War das wirklich ein Wachmann oder ein Polizist?, überlegte Flint. Beulte sich die Jacke des Mannes an der linken Seite verdächtig aus, war dort eine Waffe?

Du siehst schon Gespenster!, ermahnte Flint sich selbst und schaute mal wieder auf die Uhr.

Noch fünf Minuten.

Nun kamen sie an einigen Popstars vorbei.

»Wirklich super gemacht, so was von echt«, meinte Iphi anerkennend.

Doch Flint hatte dafür keinen Blick. Wieder und wieder spähte er auf die Uhr.

Vor ihnen bauten sich nun die Comic-Helden im

Scheinwerferlicht auf. Besonders beeindruckend war der riesige muskelbepackte Hulk, vor dem Bucky die Tasche abstellen musste.

Flint und Iphi wandten sich ab und gingen in einen angrenzenden Saal. Von dort beobachteten sie, wie der kleine Roboter mit der Geldtasche zu dem gewaltigen grünen Muskelprotz stapftc.

Noch eine Minute. Jetzt hatte Bucky die Wachsfigur erreicht. Er legte den Kopf in den Nacken und schaute zu den Fäusten des Comic-Helden hinauf.

Der Zeitpunkt war gekommen. Der Roboter stellte die Tasche ab und drehte sich langsam um.

Genau in dieser Sekunde erlosch das Licht. Schlagartig war es stockdunkel, und Bucky schrie auf.

Flint und Iphi waren für einen Moment wie erstarrt. Aber dann zupfte Iphi ihren Freund am T-Shirt:

»Wir müssen zu Bucky, vielleicht will der Täter ihn als Geisel nehmen, um heil hier rauszukommen!«

»Okay«, erwiderte Flint leise, streckte die Arme und ging langsam vorwärts. Immerhin wusste er, in welche Richtung er gehen musste. Plötzlich konnte er wieder einige Schemen erkennen – etwas Licht rieselte in den Raum. Es stammte womöglich von der Notbeleuchtung über einer Fluchttür.

Ohne Vorwarnung erhielt Flint einen Schlag gegen die Schulter, der ihn zu Boden gehen ließ. Nun war er es, der aufschrie.

»Was ist, Flint?«, rief Iphi. Die Panik in ihrer Stimme war nicht zu überhören.

»Keine Ahnung, hier ist irgendjemand«, keuchte er.

Wer hatte ihn gerammt? Mit jagendem Puls lauschte Flint. Etwas raschelte, dann entfernten sich eilige Schritte.

Eine halbe Minute verstrich. Flint konzentrierte sich ganz auf sein Gehör. Ärgerliche Rufe wurden laut. Dann flammte das Licht wieder auf.

Flint blinzelte. Ganz in seiner Nähe stand Iphi. Und

da vorn war auch Bucky. Der Roboter war völlig unversehrt. Ein Glück. Die Tasche mit dem Geld war jedoch verschwunden.

Menschen hasteten durch den Saal. Ein Mann hatte eine Pistole gezückt. In der anderen Hand hielt er eine Dienstmarke – ein Zivilpolizist!

Jetzt schallte eine Stimme durch die Ausstellung: »Zielperson flieht zum Haupteingang!«

»Na, dann wird er ja nicht weit kommen, das Gebäude ist schließlich umstellt«, meinte Iphi, sobald das Team wieder vereint war. »Alles klar bei dir, Bucky?«

»Logo«, erwiderte der Roboter gelassen. »Kommt, wir gucken zu, wie sie den Typ verhaften!«

Also rannte das Team ebenfalls zum Haupteingang. Außer den letzten Besuchern, die gerade schleunigst die Ausstellung verließen, waren dort viele Polizisten. Aber niemand hatte den Täter gesehen.

»Wo ist er bloß?«, rätselte Iphi.

»Vielleicht ist er doch entkommen, aber nicht durch den Haupteingang«, meinte Bucky. »Durch ein Fenster im Klo oder so.«

Flint schwieg einen Moment lang. Hinter seiner Stirn arbeitete es. Vielleicht hatte Bucky ja recht …

Die Cops stürmten jetzt nach draußen. Nur eine Wache blieb zurück.

Vielleicht war es auch ganz anders, dachte Flint. Womöglich tat der Täter etwas, womit niemand rechnete …

»Leute, kann es sein, dass der Erpresser gar nicht abgehauen ist, sondern sich hier im Wachsfigurenkabinett versteckt hat und wartet, bis die Polizei wieder abgerückt ist?«, dachte er laut nach.

Iphi machte große Augen. »Das wäre ja ein Ding«, murmelte sie.

»Ich bin dafür, dass wir uns hier noch mal umschauen. Die Polizei sucht draußen und wir drinnen«, schlug Flint vor.

Iphi und Bucky waren einverstanden, und schon streifte das Team wieder durch Madame Tussauds' Schauräume, die nun völlig verwaist waren.

»Wir teilen uns auf, das erhöht unsere Chancen«, meinte Iphi. »Ich gehe zu den Filmstars.«

»Und ich zu meinem großen dicken, grünen Kumpel Hulk«, strahlte Bucky, während Flint sich die Abteilung mit den großen Staatsoberhäuptern vornahm.

Iphi lief an Hollywoodstars wie Marilyn Monroe, Jennifer Lawrence oder E.T. vorbei. Alles war ruhig und friedlich. Niemand war hier.

Aber halt, was war das? Iphi erstarrte.

Hatte sich gerade die Figur von Actiondarsteller Bruce Willis bewegt?

Nein! Das war doch unmöglich, oder? Bestimmt hatte sie sich das nur eingebildet.

Plötzlich hatte Iphi einen Verdacht. War es denkbar, dass sich der Erpresser als Wachsfigur getarnt hatte?

Langsam trat sie näher an Bruce Willis heran.

Nein, der bewegte sich nicht. Iphi atmete auf. Ihre Fantasie hatte ihr wirklich nur einen Streich gespielt.

Gerade als sie sich abwenden wollte, legte sich von hinten eine Hand auf ihren Mund …

Blinde Passagiere

Iphis Blut gefror, eisiges Entsetzen überfiel sie. Doch ihre Reflexe funktionierten: Sie biss zu.

Ein Schrei ertönte, gefolgt von einem Fluch. Die Hand schnellte von ihrem Mund, und Iphi rammte den Ellbogen nach hinten.

Noch ein Schrei, noch ein Fluch.

Iphi kam frei, wirbelte herum – und sah zum ersten Mal den Täter: ein Mann mittlerer Größe mit erstem Grau in den Haaren und stechenden blauen Augen. Der Mund war nicht mehr als ein Strich, die Nase lang und spitz. Der Gangster mit dem kantigen Gesicht trug die Uniform eines Museumswächters. Jetzt drehte er sich um und rannte mit der Geldtasche weg.

Iphi brauchte eine Sekunde, bis sie wieder klar denken konnte. Dann brüllte sie: »Ich hab ihn! Kommt her!«

Schon flitzten Flint und Bucky heran.

»Wie – du hast ihn? Nix hast du!«, rief der Roboter enttäuscht.

Iphi deutete in die Richtung, in die der Täter gerannt war.

»Kombitiere, du hast doch etwas«, lästerte Bucky. »Du hast ihn laufen lassen.«

»Halt die Klappe und renn lieber!«, fauchte Iphi ihn an.

»Mach ich, denn jetzt übernimmt Monderersittler Bucky den Fall«, antwortete der kleine Roboter und sprintete los.

Sie schossen durch einen Gang und sahen gerade noch, wie der Erpresser die Schauräume verließ und an mehreren Büros und einer Kaffeeküche vorbeiraste. Schließlich schlüpfte er durch eine graue Stahltür.

Nur wenige Sekunden später hatte auch das *F.B.I. junior*-Team diese Tür erreicht. Bucky riss sie auf.

Ein Parkplatz, ein paar Mülltonnen – und

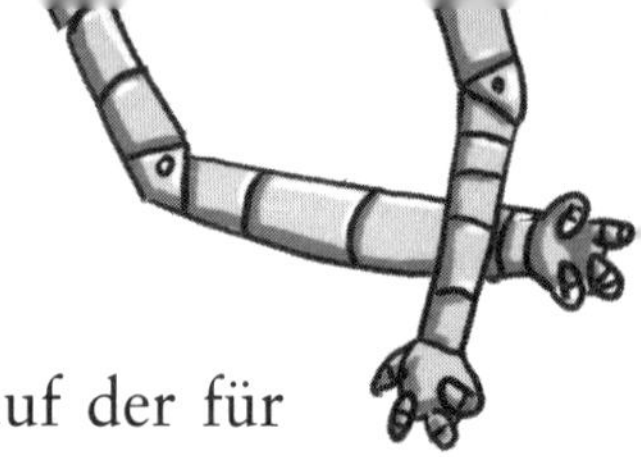

ein Lieferwagen mit einer Plane, auf der für einen Getränkemarkt geworben wurde.

Der Täter kletterte gerade ins Führerhaus. Der Motor wurde gestartet, heulte aber nur kurz auf und erstarb wieder. Der Erpresser versuchte es erneut, der Motor röchelte und hustete und stieß dunkle Abgaswolken aus. Aber ein weiteres Mal sprang er nicht an.

»Das ist unsere Chance«, zischte Iphi.

»Sollen wir nicht lieber die Polizisten verständigen?«, fragte Flint, der das Handy schon griffbereit hatte.

»Nö«, erwiderte Iphi. Statt einer weiteren Erklärung lief sie geduckt zum Heck des Fahrzeugs und schlüpfte unter die Plane.

»Die spinnt«, ächzte Flint.

»Ich find's cool«, meinte hingegen Bucky und wetzte ebenfalls los.

Als der Motor im dritten Anlauf dann doch ansprang, gab sich Flint einen Ruck und kletterte ebenfalls auf den kleinen Truck. In diesem Moment setzte sich der Lieferwagen auch schon in Bewegung und rumpelte vom Hinterhof.

»Puh, auf was haben wir uns da nur eingelassen?«, meinte Flint, während er sich umsah. Auf der Ladefläche waren ein paar leere Getränkekisten festgezurrt. »Hoffentlich geht das gut …«

»Na klar, alles easy«, erwiderte Bucky optimistisch.

Die Fahrt dauerte nur etwa zehn Minuten. Dann wurde der Lieferwagen langsamer und stoppte. Eine Tür quietschte, das Auto ruckte wieder und hielt nach wenigen Metern an. Jetzt schlug eine Tür, Schritte entfernten sich.

Iphi wagte es, unter der Plane hervorzuspähen, und stellte fest, dass sie sich in einer großen Garage mit einer Werkbank befanden. Der Täter lief mit der Geldtasche auf eine Tür im hinteren Bereich zu. Dann war er verschwunden.

»Die Luft ist rein, kommt!«, hauchte Iphi und kletterte von der Ladefläche. Bucky und Flint folgten.

Das Team flitzte zu der Tür und öffnete sie vorsichtig.

Vor ihnen breitete sich eine riesige und ziemlich heruntergekommene Lagerhalle aus. Sie war bestimmt zehn Meter hoch. Das letzte Tageslicht fiel durch dreckige Scheiben auf schier endlose Regale.

Aus diesen Regalen drang Lärm – eine chaotische Mischung aus Quietschen, Zischeln und klagendem Maunzen. Und immer wieder war deutlich ein »Njamm-Njamm« zu verstehen.

Jetzt erst erkannten die Freunde, dass in den Regalen Hunderte Käfige standen – und in jedem steckten ein oder zwei Njamm-Njamms!

Der Mann lief an ihnen vorbei und schien sich überhaupt nicht für die Tierchen zu interessieren.

Abermals verfolgte das Team den Erpresser und schlich an den Käfigen vorbei.

Es brach ihnen fast das Herz, die süßen Njamm-Njamms eingesperrt zu sehen.

»Der Kerl ist nicht nur ein Erpresser, sondern auch ein Tierquäler!« Iphi war stinksauer.

Bucky wurde besonders traurig, als ihn ein ganz spezielles Njamm-Njamm anfiepte: Es war das Exemplar mit den schwarzen Flecken auf den Ohren.

Mit großen Augen schaute es Flint aus einem Käfig ganz oben an und streckte ihm die Pfoten durch die eng beieinanderstehenden Streben des Käfigs entgegen.

Bucky fuhr die Arme aus, strich über die kleinen Finger des Njamm-Njamms und meinte: »Ich hol dich hier raus. Dich und die anderen. Versprochen.«

Dann schaute er wieder nach vorn und sah, wie der Täter in einen Raum am Ende der Halle ging und die Tür nur halb hinter sich schloss.

Bucky streichelte das Njamm-Njamm noch einmal, bevor er sich von ihm löste. Mit seinen Freunden schlich er zu der Tür.

Sie linsten durch den Spalt und erkannten, dass es sich bei diesem Raum um ein Labor handelte. Auf schneeweißen Tischen standen Mikroskope, Messzylinder, Erlenmeyerkolben und ein Mikrobrenner sowie eine ganze Batterie von Reagenzgläsern vor einem Ultratiefkühlschrank, der laut vor sich hin brummte.

Der Mann hatte die Geldtasche abgestellt und stopfte ein paar Dinge hinein, unter anderem einen – Revolver!

Nun ging er in die Mitte des Raumes zu einem weiteren Käfig, über dem fünf Heizstrahler flimmerten. Darin kauerten winzige Njamm-Njamm-Babys, die statt eines Fells nur einen zarten Flaum hatten.

Da dämmerte es Flint.

»Der Typ ist ein Genforscher«, flüsterte er. »Er hat hier massenweise die armen Njamm-Njamms gezüchtet. Sie sind bestimmt so etwas wie seine Privatarmee, mit der er die Leute erpresst. So ein Mistkerl! Aber damit ist jetzt Schluss!«

Er zog das Handy hervor und alarmierte ganz leise die Polizei. Die versprachen, sofort anzurücken. Ge-

rade, als das Gespräch beendet war, passierte genau das, was nicht passieren durfte: Iphis Handy bimmelte. Es war ein aktueller Popsong, den sich Iphi als Klingelton ausgesucht hatte – und er war laut, irre laut!

Hektisch zog Iphi das Telefon aus der Tasche. Sie sah, dass es Onkel Bob war, der sie anrief (vermutlich wollte er einfach nur wissen, wo sie gerade steckten), und wischte über das Display. Stille.

Aber es war zu spät.

Der Täter war herumgewirbelt, als die ersten Töne erklungen waren, und hatte sie entdeckt.

Auf sein kantiges Gesicht trat ein kalter und entschlossener Ausdruck. Mit der Pistole in der Hand kam er auf das *F. B. I. junior*-Team zu.

Während Iphi noch starr vor Schreck war, zischte Flint: »Weg, schnell weg!«

»Korrekter Plan!«, meinte Bucky und sauste los. Er flitzte zu den Regalen, weil er hoffte, dass sie sich dort verstecken konnten.

Flint war dicht hinter ihm, dann folgte Iphi, die aus ihrer Erstarrung erwacht war.

»Bleibt stehen, ich tue euch nichts!«, erklang die Stimme des Erpressers.

»Von wegen, dem glaube ich kein Wort!«, ächzte Flint im Rennen. Hätte er doch nur den Teleporter-Stab mitgenommen, dann wären sie im Nullkommanichts in Sicherheit! Aber das praktische Ding lag dummerweise in ihrem Zimmer bei Onkel Bob …

Sie rasten zwischen zwei Regalwänden hindurch, und die eingesperrten Njamm-Njamms gaben erneut ihr klagendes Konzert. In Flints Ohren klang es, als würden die armen Tiere um Hilfe rufen.

Ein Blick zurück. Der Typ war nur etwa zwanzig Meter hinter ihnen und fuchtelte mit der Waffe herum.

»Verdammt, bleibt endlich stehen – oder ich schieße!«, brüllte er jetzt.

Oh nein!, durchfuhr es Flint, während er zum Ende der Regalreihen rannte.

Jetzt war er dort angelangt und sah die Tür, die von der Halle zur Garage mit dem Lieferwagen führte. Konnten sie diese erreichen und dann ins Freie flüchten?

Bäng!

Die Freunde wirbelten herum.

Breitbeinig stand der Mann im Gang und hatte die Waffe an die Decke gerichtet. Die Njamm-Njamms quiekten voller Panik jetzt noch lauter.

»Das war ein Warnschuss, aber wenn ihr nicht sofort gehorcht, muss ich leider andere Saiten aufziehen«, schrie der Täter über den Lärm hinweg.

»Hehe, soll er doch!«, lachte Bucky und zog seine Freunde hinter die rechte Wand aus Käfigen.

»Was hast du vor?«, fragte Flint mit bebender Stimme.

»Zur Tür können wir nicht, das ist ja wohl klar, denn da sind wir in der Schusslinie, also müssen wir irgendwo anders hin«, antwortete der Roboter und sauste los.

Na toll, irgendwo anders …, dachte Flint, lief ihm aber mit Iphi hinterher. Nun ging es dieselbe Strecke zurück. Zumindest waren sie jetzt wirklich aus der Schusslinie.

Wohin, wohin, wohin?, überlegte er während des neuerlichen Sprints. Gab es womöglich am Ende dieses Gangs eine weitere Tür?

Nein, lautete die Antwort. Es war eine Sackgasse!

Flints Trick

Iphi, Flint und Bucky standen atemringend vor einer Wand, von der der Putz bröckelte. Links von ihnen waren ein Stapel mit Paletten und Kartons sowie ein rostiger Container.

»Jetzt ist Feierabend, jetzt habe ich euch!«, tönte der Erpresser.

»Da rein, schnell«, zischte Flint und verschwand zwischen den Kisten. Er hatte die winzige Hoffnung, dass sie dort in Sicherheit waren. Er wühlte sich bis ganz nach hinten durch und sah plötzlich, dass in der Wand ein großes schwarzes Loch gähnte. Daneben führte eine Treppe in die Dunkelheit. »Ein alter Aufzugschacht«, erkannte er nach Luft japsend und hatte plötzlich eine Idee. »Dein Handy, Iphi, gib es mir!«

»Wieso?«

»Keine Fragen jetzt, bitte, her damit!«, verlangte er.

Sie gab es ihm.

Augenblicklich stopfte Flint das Handy mitten in ein Päckchen Taschentücher, das er in seiner Hosentasche gefunden hatte, und ließ es in den dunklen Schacht fallen. Dann stieß er einen markerschütternden Schrei aus.

Iphi und Bucky glotzten ihn an, als hätte er nicht mehr alle Tassen im Schrank.

»Schnell, verstecken«, flüsterte er den anderen beiden zu, bevor sie irgendwelche Fragen stellen konnten. Gleich würden sie verstehen, was er vorhatte. Dann tauchten sie zwischen den Kartons ab.

Schon hörte er den Verfolger nahen. Flint machte sich so klein es ging und sperrte die Ohren auf. Die Schritte stoppten. Offenbar stand der Kerl jetzt genau vor dem Schacht. Nun zog Flint sein eigenes Handy hervor und drückte Iphis Nummer.

Ein oder zwei Sekunden vergingen.

Dann erklang aus dem Schacht gedämpft der meganervige Klingelton von Iphis Handy.

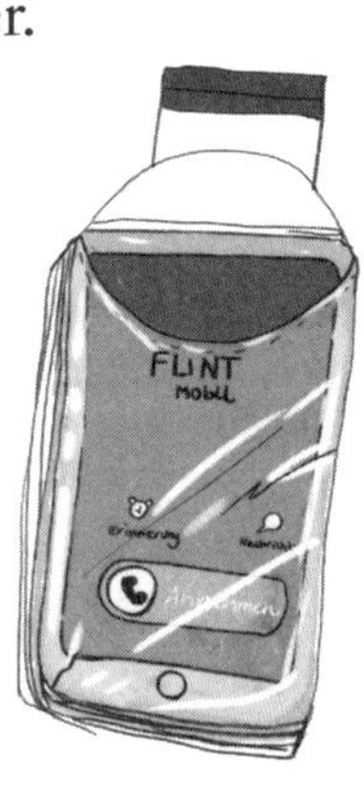

Flint schloss die Augen. Ein Glück, ihr Smartphone hatte den Absturz dank der Taschentücher überlebt! Aber hoffentlich funktionierte auch der andere entscheidende Teil seines Plans: Der Verfolger sollte glauben, dass die Freunde auf der Flucht in den Schacht gestürzt waren.

Weitere endlose Sekunden verstrichen. Dann entfernten sich die Schritte. Nun wagte es Flint, aus seinem Versteck zu linsen. Er beobachtete, wie der Täter die Treppe in den Keller hinunterstieg.

Bingo, sein Plan hatte geklappt!

Iphi und Bucky nickten Flint anerkennend zu und reckten die Daumen nach oben.

Leise, ganz leise, schlüpften die Freunde aus ihrem Versteck und sausten ebenso leise nach vorn zur Garage.

Als sie nur noch wenige Meter von ihrem Ziel entfernt waren, flog die Tür auf und ein Sondereinsatzkommando stürmte herein.

Angesichts der schwarz gekleideten Truppe mit Helmen, schusssicheren Westen, Stiefeln und automatischen Waffen bekamen die Freunde weiche Knie.

Man zog sie sofort aus der Halle, damit sie nicht zwischen die Fronten gerieten.

»Hier stehen bleiben und nicht vom Fleck rühren«, befahl einer der hünenhaften Polizisten, der einen imposanten Schnauzbart und besonders viele Abzeichen hatte. Offenbar war er der Einsatzleiter.

»Nö, Kumpel«, meinte Bucky in kameradschaftlichem Ton. »Du willst doch nicht auf meine Hilfe verzichten, oder?«

»BUCKY!«, riefen Flint und Iphi wie aus einem Mund.

»Der Kleine hat aber eine ziemlich große Klappe!«, meinte der Polizist.

»Ich bin nicht klein!«, protestierte der Roboter einmal mehr.

»Natürlich nicht, aber ich habe jetzt keine Zeit für Diskussionen. Also: Mund halten und hier bleiben!«, herrschte der Einsatzleiter ihn an und rannte zu seinen Kollegen.

Warten, untätig rumstehen? Das war nun wirklich nichts für das *F.B.I. junior*-Team. Aber sie hielten sich an den Befehl, jedenfalls eine halbe Minute lang.

Denn da bellten Schüsse, und Flints Herz setzte einen Schlag aus. Nun konnte er wirklich nicht anders, als die Anweisung der Polizei zu ignorieren. Mit Bucky und Iphi schlüpfte er in die Garage und lief zur offen stehenden Tür, durch die man die große Halle betreten konnte. Sie verbargen sich rechts und links der Türöffnung und riskierten einen Blick.

Polizisten hatten Deckung gesucht und schossen in die Tiefe der Halle. Von der anderen Seite wurde das Feuer erwidert.

»Oje, hoffentlich wird niemand verletzt!«, bangte Iphi, die fürchtete, dass durch die umherfliegenden Kugeln eines der Njamm-Njamms getroffen werden könnte.

»Zieh lieber die Nase ein«, riet Flint, der genau das schon getan hatte.

»Geben Sie auf, Sie sind umstellt!«, erklang eine Stimme aus einem Megafon. »Legen Sie die Waffe nieder und kommen Sie mit erhobenen Händen heraus!«

Die Antwort waren weitere Schüsse.

In dieser Sekunde rannte Bucky in die Halle.

»Nein, bleib hier!«, schrie Flint, doch der Roboter hörte nicht auf ihn.

Schockiert schauten Flint und Iphi ihm nach und sahen, wie Bucky zu einer ganz bestimmten Stelle bei den Regalen lief.

Gott sei Dank können ihn die Kugeln nicht wirklich verletzen, dachte Flint mit schwacher Hoffnung. Und notfalls würde er seinen kleinen Freund reparieren.

»Verflucht, woher kommt dieses Kind?«, rief einer der Polizisten. »Hierher, Kleiner!«

Doch der Roboter war nicht zu stoppen. Jetzt hatte Bucky den Käfig erreicht, den er suchte. Er griff in seine Metallbox, zog einen kleinen Bolzenschneider hervor, fuhr die Arme nach oben und zwackte die dünnen Streben des Käfigs durch. Dann lag ein Njamm-Njamm mit großen schwarzen Flecken auf den Ohren in seinen Armen.

Damit flitzte Bucky zurück zu seinen Freunden.

»Wie war ich?«, fragte er, als er neben Flint und Iphi an der Wand lehnte. Er hatte bei seinem waghalsigen Einsatz nicht eine einzige Schramme abbekommen.

Während seine Freunde den Roboter nur fassungslos anstarrten, himmelte ihn das Pelztierchen mit einem Kussmündchen an: »Njammnjamm?«

Da zuckte ein greller Blitz durch die Halle.

»Was war das denn«, fragte Iphi erschrocken.

»Bestimmt eine Blendgranate«, vermutete Flint, der so etwas schon öfters in Filmen gesehen hatte.

Jetzt erklangen hektische Kommandos. Flint wagte einen neuerlichen Blick – und sein Herz schlug höher: Zwei Polizisten schleiften den Täter heran. Er war unbewaffnet, sein Blick wirr und wütend.

»Sie haben ihn!«, freute sich Flint.

»Und wer hat den Fall gelöst? Na, wer war's?«, fragte Bucky. »Wir waren es!«

Das Team lief durch die Garage zum Vorplatz.

Kurz darauf kam ein Polizist, der die Tasche mit der Millionenbeute trug. Ihm folgte der Täter, der nach wie vor von zwei kräftigen Polizisten flankiert wurde und die Hände auf den Rücken gefesselt hatte.

Als die Polizisten ihn am *F. B. I. junior*-Team vorbeischoben, blieb er stehen.

»Weiter!«, kommandierten die Cops.

»Einen Moment, nur ganz kurz«, bat der Erpresser.

»Na gut, aber machen Sie schnell«, knurrte einer der Polizisten.

Der Täter nickte und schaute mit mühsam unterdrückter Wut auf das Team. »Euch habe ich das also alles zu verdanken«, grollte er.

»Na klar, Mondderersittler Bucky und seinem Team«, strahlte der Roboter mit dem Njamm-Njamm auf dem Arm.

»Und Ihnen haben mein Onkel Bob und die anderen Supermarktbesitzer die ganzen Überfälle zu verdanken!«, sagte Iphi, die ebenfalls sehr wütend klang. »Geben Sie es zu, Sie haben die Njamm-Njamms nur gezüchtet, um damit Menschen zu erpressen. Das ist wirklich widerlich!«

Die Augen des Täters leuchteten auf. »Widerlich? Was weißt du denn schon? Das ist nicht widerlich, sondern genial. Ich bin ein Meister meines Fachs, ich habe eine völlig neue Gattung erschaffen!«

»Wie haben Sie das geschafft?«, wollte Flint wissen.

»Unter anderem habe ich bestimmte Kräuter und Wurzeln dafür verwendet«, sagte der Täter. »Aber die genaue Zusammensetzung werde ich dir natürlich nicht verraten.«

Flint nickte – deshalb war der Täter mit dem gestohlenen Lieferwagen nach Chinatown gefahren und hatte vor dem Laden mit den Wunderheilmitteln geparkt!

»Zuerst habe ich in meiner Wohnung experimentiert. Doch da wurde es mir bald zu eng und ich musste mein Labor und meine Produktion hierher auslagern«, prahlte der Erpresser. »Tja, aber der Hunger der Biester wurde mir allmählich unheimlich. Vor allem kostete mich das eine Menge Geld. Und dann die teuren Käfige! Die Tiere sollten es ja gut bei mir haben. Ich hatte schon überlegt, sie zu verkaufen – an einen Zoo vielleicht. Immerhin ist das ja eine neue Gattung, und die Zoobesucher hät-

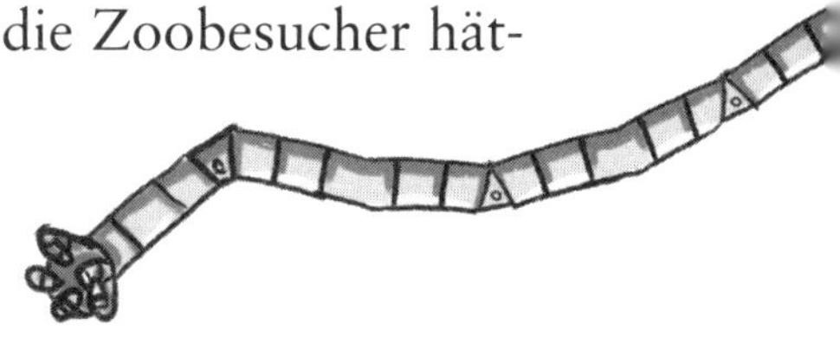

ten sie vielleicht interessant gefunden. Aber dann hatte ich eine bessere Idee, die mir viel mehr Geld gebracht hätte, wenn ihr mir nicht dazwischengefunkt hättet: Nacht für Nacht bin ich los und habe die kleinen Leckermäuler in den Supermärkten freigelassen.« Er lachte auf ziemlich irre Art. »Die Biester haben ja immer Hunger … und sind immer wieder gern zu mir zurückgekehrt in den Lieferwagen, den ich gestohlen hatte …«

Flint tippte sich an die Stirn. »Sie haben wirklich einen an der Murmel.«

Bucky nickte eifrig. »Genau, du hast nicht mehr alle Schassen im Trank!«

Der Täter lachte noch lauter. »Süßer Sprachfehler, du kleiner Wicht!«

Diese Bemerkung brachte ihm einen Tritt von Bucky ein. Der Erpresser musste feststellen, dass ein Metallfuß ganz schön wehtun konnte, wenn man ihn ans Schienbein bekam.

»Das reicht jetzt!«, sagten die Polzisten zu Bucky und wandten sich dann an den Täter: »Und Sie kommen jetzt mit uns. Alles Weitere können Sie Ihrem Anwalt erzählen.«

Sie führten den Mann ab und schoben ihn auf die Rückbank eines Streifenwagens. Mit eingeschalteter Sirene brauste das Auto davon.

Nun baute sich ein anderer Polizist vor den Freunden auf. Es war der Einsatzleiter.

»Was habe ich vorhin gesagt, als wir die Halle gestürmt haben?«, wollte er wissen.

»Hm, keine Ahnung«, antworteten Flint und Iphi unschuldig.

»Ich weiß es auch nicht«, plapperte Bucky. »Verrätst du es uns, Kumpel?«

Der Polizist blies die Backen auf. »Das wisst ihr ganz genau! Ihr solltet euch raushalten. Nicht auszudenken, wenn euch etwas passiert wäre. Das war sehr unvernünftig!«

»Ja ja!«, winkte Bucky ab. »Aber ohne unsere Hilfe hättet ihr den Fall doch nie gelöst. Also solltest du uns dankbar sein und uns nicht ausschimpfen!«

Flint biss sich auf die Unterlippe, um nicht laut lachen zu müssen.

Der Einsatzleiter kratzte sich am Hinterkopf. »Da hast du natürlich nicht ganz unrecht«, sagte er. »Aber ich habe wirklich Probleme mit deinem Tonfall.«

»Macht nix, ich hab dich auch lieb. Hauptsache: Fall gelöst!« Bucky drückte dem Cop das Njamm-Njamm in den linken Arm. »Und jetzt komm, wir machen Hai Pfeife!«

Zack, schon hatte der Roboter den Einsatzleiter mit der rechten Hand abgeklatscht. Dann waren Iphi und Flint an der Reihe.

»Hai Pfeife!«, riefen sie lachend.

Plötzlich wurde Iphi wieder ernst. »Was wird denn nun aus den armen Njamm-Njamms?«

Der Einsatzleiter drückte das Pelztierchen mit den gefleckten Ohren wieder in Buckys Arme.

»Nun, ich denke, dass die Tiere weggesperrt werden müssen, damit sie keinen Schaden mehr anrichten können«, antwortete der und stapfte zu seinen Kollegen.

Flint, Iphi und Bucky waren sehr traurig. Das konnten sie nicht zulassen … Sie wechselten verzweifelte Blicke.

Aber plötzlich hellte sich Flints Miene wieder auf. Er hatte eine Idee!

Küsschen!

»Es war wirklich sooooo schön!«, flötete Flints Mutter Venus Calliope Hook.

»Ja«, pflichtete ihr Mann ihr bei. »Unglaublich, was es dort alles zu sehen gibt: Werke von Picasso, Ernst, Kandinsky, Mondrian oder Arp!«

»Heißt das nicht *App*?«, plapperte Bucky dazwischen. Mit Flint und Iphi lauschte er den Berichten von Flints Eltern. Die beiden schwärmten gerade in den höchsten Tönen von ihrem Besuch des Guggenheim Museums in Venedig.

Flints Mutter ging nicht auf Buckys klugen Einwand ein. »Und wie war es bei euch im New Yorker Guggenheim Museum?«

Auf diese Frage hatte sich Flint vorbereitet, indem er mal schnell gegoogelt hatte, was dort ausgestellt wurde. »Ja, äh, also van Gogh und Gauguin fanden wir richtig klasse. Stimmt's, Iphi?«

»Na klar, große Klasse!«, rief sie.

Die nächste halbe Stunde redeten sie über verschiedene Kunststile. Dann mussten Flints Eltern wieder an die Arbeit. *Gott sei Dank …*

»Was sind das nur alles für komplizierte Wörter?«, meinte Bucky, als sie in Flints Zimmer waren. »Abstraxe Kunst, Espressonismus, Pupsismus …«

»Kubismus, Bucky, Kubismus«, korrigierte Iphi, zu deren Lieblingsfächern in der Schule Kunst zählte. »Das kommt vom lateinischen Wort *cubus*. Das heißt *Würfel*. Der Künstler setzt in seinen Werken auf geometrische Figuren wie Kegel, Kugeln und …«

Ihr Handy bimmelte.

»Das ist Onkel Bob!« Schon meldete sie sich, während Flint und Bucky sie neugierig anschauten.

Iphi lauschte konzentriert und stellte ein paar Fragen. Dabei wurde sie zunehmend fröhlicher.

»Juhu!«, jubelte sie, als das Gespräch beendet war.

»Was gibt's denn?«

»Der Reihe nach«, sagte Iphi. »Also: Der Täter hat alles gestanden. Zweitens: Der Besitzer von dem Transporter ist wirklich vollkommen unschuldig, sagt Onkel Bob.«

»Okay, weiter«, bat Flint.

Iphi lächelte ihn an. »Gern, denn jetzt kommt die beste Nachricht: Deine Idee wurde umgesetzt, Flint! Die Njamm-Njamms wohnen nun im Zoo von New York. Sie haben ein großes Freigehege erhalten, das gerade leer war. Ist das nicht super?«

»Und wie!«, freuten sich auch Flint und Bucky

»Onkel Bob hat erzählt, dass sich die Njamm-Njamms dort sehr wohlfühlen und *die* neue große Attraktion sind.«

Bing! Iphi schaute wieder aufs Smartphone. »Oh, eine Nachricht von Onkel Bob – mit einem Foto …«

Sie öffnete es und zeigte es Flint und Bucky.

Auf dem Foto war ein süßes Njamm-Njamm mit großen dunklen Flecken auf den Ohren zu sehen. Es schaute in die Kamera und formte mit den Lippen einen Kussmund.

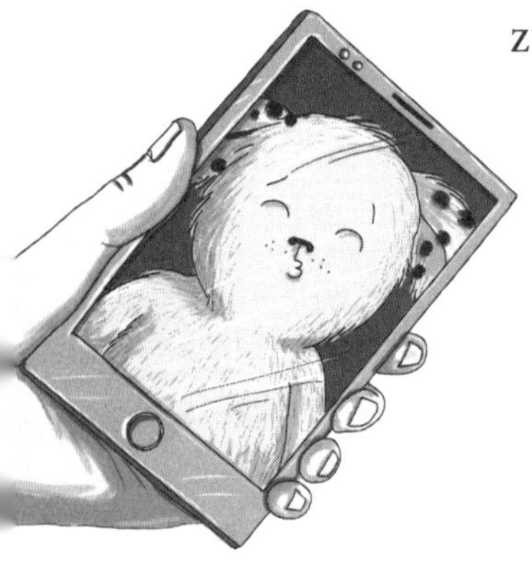

Lenk, Fabian:
F. B. I. junior – Haarige Halunken
ISBN 978 3 522 50597 0

Umschlag- und Innenillustrationen: Tessa Rath
Umschlagtypografie: Stephanie Reis
Satz und Innentypografie: Arnold & Domnick, Leipzig
Druck und Bindung: GGP Media GmbH, Pößneck
Reproduktion: Digitalprint GmbH, Stuttgart

MIX
Papier aus verantwortungsvollen Quellen
FSC® C014496
FSC
www.fsc.org

Dieses Werk wurde vermittelt durch die Agentur Brauer
(Agentin: Ulrike Schuldes).

Detektiv-Ausweis

Foto

Name ____________________

Geburtstag ____________________

Augenfarbe ____________________

Dienstrang ____________________

Unterschrift

Detektiv-Ausweis

Foto

Name ____________________

Geburtstag ____________________

Augenfarbe ____________________

Dienstrang ____________________

Unterschrift

FBI
Junior

FBI
Junior

CHIPS